RÉCIT DE L'EXTRAORDINAIRE ET AFFLIGEANT NAUFRAGE DU BALEINIER ESSEX

RÉCIT
DE
L'EXTRAORDINAIRE ET AFFLIGEANT
NAUFRAGE
DU
BALEINIER ESSEX
DE
NANTUCKET

QUI, DANS L'OCÉAN PACIFIQUE, FUT ATTAQUÉ
ET POUR FINIR DÉTRUIT PAR UN GRAND CACHALOT ;
SUIVI DU COMPTE RENDU DES INCOMPARABLES SOUFFRANCES
DU CAPITAINE ET DE L'ÉQUIPAGE,
QUI PASSÈRENT QUATRE-VINGT-TREIZE JOURS EN MER,
DANS DES CANOTS À CIEL OUVERT,
ET CE DANS LES ANNÉES 1819 ET 1820

PAR
OWEN CHASE,
SECOND DUDIT NAVIRE

NEW YORK
1821

TRADUCTION **XAVIER BACHELOT**

ROBERT LAFFONT

ISBN 978-2-221-19184-2

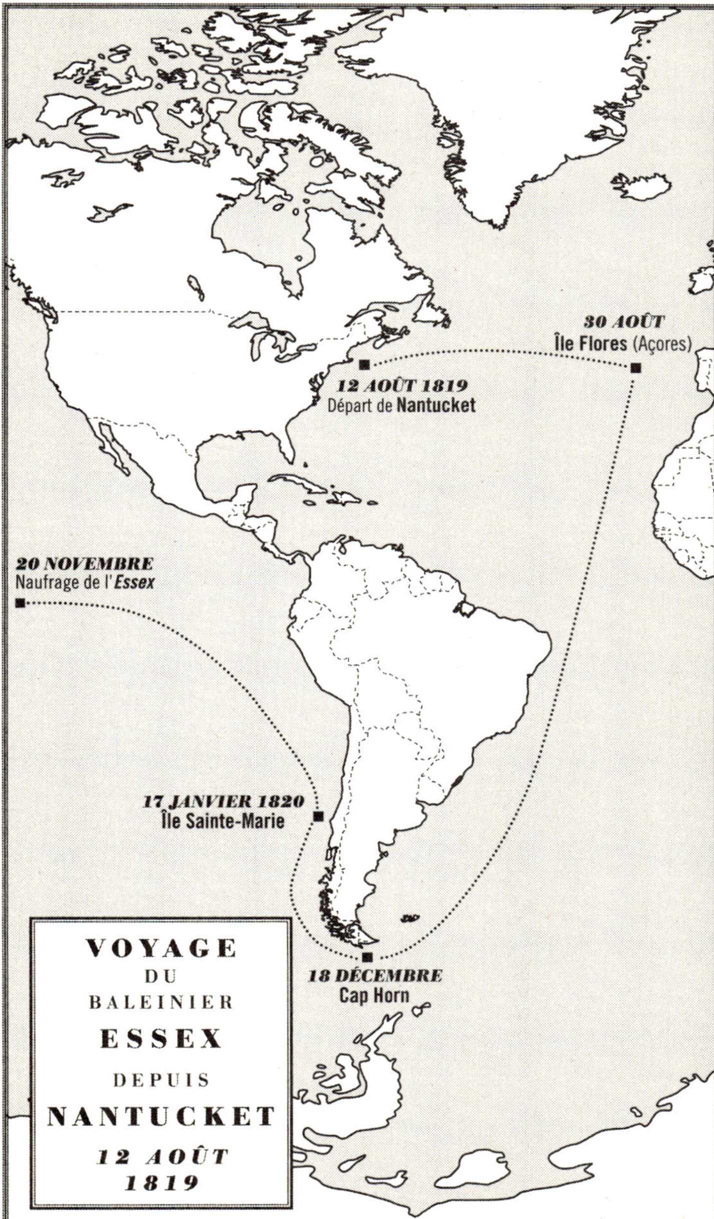
30 AOÛT
Île Flores (Açores)
12 AOÛT 1819
Départ de Nantucket
20 NOVEMBRE
Naufrage de l'*Essex*
17 JANVIER 1820
Île Sainte-Marie
18 DÉCEMBRE
Cap Horn
VOYAGE
DU
BALEINIER
ESSEX
DEPUIS
NANTUCKET
12 AOÛT
1819

AU LECTEUR

J'ai bien conscience que le public est arrivé à saturation de ces récits qui retracent les parcours privés d'individus, d'autant que ce public n'est que peu – voire pas du tout – demandeur en la matière ; et les torts causés par la diffusion de ce type de fictions, souvent même de journaux qui ne se consacrent qu'à cela, ont eu pour effet d'atténuer l'intérêt du public pour les travaux de ce genre, et plus encore de dévaluer la cause générale de la vérité. Il est cependant réellement important et nécessaire que des narrations, basées sur des faits réels embrassant des sujets nouveaux et intéressants dans les domaines des arts ou des sciences, continuent d'être rapportées. Quand l'objectif est louable, que le sujet ou le style sont intéressants – au point qu'on puisse en tirer un véritable enseignement, qu'ils génèrent une véritable compassion et qu'ils révèlent des faits et des traits de caractère humains étonnants – des rapports de ce genre prennent, pour le philanthrope ou le philosophe, toute leur valeur, et méritent de ce fait de retenir l'attention des lecteurs.

En ce qui concerne les faits rapportés dans ce petit volume, ils ne sont, j'en suis convaincu, ni assez extravagants pour que l'on puisse douter de leur véracité, ni si négligeables et si inintéressants que le lecteur puisse s'en désintéresser et se soustraire à leur lecture attentive. J'ai, pour mon malheur, fait partie de ceux qui ont considérablement – voire principalement – souffert de l'épouvantable catastrophe qui nous a frappés ; dans l'affaire, j'ai perdu non seulement le peu que j'avais hasardé, mais j'ai perdu également ma situation… et toute perspective de l'améliorer ; ce qui jusque-là semblait me sourire a disparu, anéanti en un rien de temps avec notre navire. L'espoir d'obtenir une forme de rémunération, en livrant au monde un court récit de mes souffrances, justifie donc que je prie le public de faire preuve à l'égard de mon récit de la plus grande attention.

O. C.

1.

La ville de Nantucket, dans l'État du Massachusetts, compte environ huit mille habitants. Près d'un tiers sont des quakers. Considérée dans son ensemble, cette population est particulièrement travailleuse et entreprenante.

L'île possède environ une centaine de navires de toutes sortes, destinés au commerce de la baleine ; cette flotte donne du travail et un revenu à plus de seize cents robustes marins – une catégorie de la population à l'intrépidité proverbiale. Cette industrie de la pêche ne se développe nulle part ailleurs sur le territoire des États-Unis comme ici, sinon à New Bedford, qui fait face à Nantucket sur le continent et qui possède pour sa part quelque chose comme une vingtaine de bâtiments.

La campagne d'un baleinier s'étale sur deux ans et demi environ, sans que rien puisse garantir son succès. Les marins sont parfois payés de retour : pour certains, la traversée est rapide et la pêche fructueuse, mais, pour d'autres, elle est décourageante et traîne à n'en plus finir, au point de ne quasiment rien rapporter. Ce métier est des plus dangereux, en raison des accidents inévitables qui surviennent dans la guerre sans quartier déclarée à ces Léviathans des profondeurs. Un homme de Nantucket est donc pleinement sensible, quelles que soient les circonstances, à l'honneur et au mérite de sa profession ; il sait à l'évidence qu'à l'instar des soldats, il ne se couvre de lauriers que parce qu'il côtoie de près le danger.

On rapporte de nombreuses anecdotes sur les marins de Nantucket. Des histoires de sauvetages in extremis, des récits de survie surprenants que ces hommes, qui ont échappé au pire, se transmettent avec la même fidélité que s'il s'agissait de contes légendaires – et sans doute le même respect et le même sens de la narration. Dès le plus jeune âge, le goût de l'aventure inspire les enfants et les proches de ceux qui sont directement impliqués dans le monde de la pêche. Fascinés par les rudes histoires des vieux marins, attirés par ce désir naturel d'aller voir le monde autant que par l'appât du gain, tous ces hommes filent à plus de quatre, six ou huit milles nautiques de chez eux, à travers des océans en partie inexplorés, sur lesquels ils passent de deux à trois ans de leur vie, en proie au péril constant, au labeur, et condamnés à faire preuve d'une vigilance permanente.

La profession, qui requiert de l'ambition, génère un enthousiasme digne de respect. Dans ce milieu, un homme insipide n'est jamais reconnu par ses pairs, et le lâche inspire cette aversion caractéristique que l'on réserve d'ordinaire à l'administration de la marine d'État. Nul sans doute n'a d'aptitudes physiques supérieures à ces hommes, dont on dit que les qualités naturelles seraient plus un héritage direct de leurs ancêtres que le fruit de quelque expérience.

Durant la guerre de 1812, la ville de Nantucket a inévitablement connu le déclin. Mais avec le retour de la paix, elle a pris un nouvel essor, et l'idée que l'industrie de la pêche soit relancée a provoqué un véritable engouement. De gros capitaux ont dès lors été consacrés à ce secteur, et quelques-uns des plus beaux navires que notre pays peut se vanter de compter ont été affectés à cette activité. En quelques années, la demande croissante de spermaceti des fabriques de chandelles a poussé les sociétés et les particuliers à s'engager dans ce commerce. Si, à l'avenir, la consommation de cet article manufacturé devait augmenter dans les mêmes proportions que ces dernières années et rapporter autant aux investisseurs, ce type de commerce devrait s'imposer comme le plus fructueux et le plus prometteur de notre pays.

De l'avis de ceux qui se sont intéressés aux origines de cette pêche, il semblerait que les baleines ont été chassées – comme les animaux de la forêt par l'avancée de la civilisation – vers des mers lointaines et peu fréquentées, jusqu'à être poursuivies, du fait de l'ingéniosité et de la persévérance de nos marins, sur des côtes aussi reculées que celles du Japon.

Le navire *Essex*, commandé par le capitaine George Pollard Junior, a été armé à Nantucket. Il a appareillé, le 12 août 1819, en vue d'une campagne de chasse à la baleine dans le Pacifique. J'étais le second sur ce navire. L'*Essex* avait récemment bénéficié d'une réfection complète de ses œuvres vives et semblait être, au moment du départ et à tout point de vue, un bâtiment respectable et solide. Il comptait vingt hommes d'équipage et était approvisionné et armé pour deux ans et demi de traversée.

Nous avons quitté la côte américaine, portés par une brise légère, avec en ligne de mire, les Açores. Au deuxième jour, alors que nous progressions à une allure raisonnable dans le Gulf Stream, un brusque coup de vent du sud-ouest a littéralement couché notre navire – au point qu'il a engagé –, a défoncé une de nos baleinières, entièrement détruit les deux autres et emporté la cambuse.

Nous avons distinctement vu cette rafale venir vers nous, mais les uns comme les autres, nous avons sous-estimé et sa force et sa violence. Elle a fait pivoter le navire d'environ trente degrés, au moment où l'homme à la barre tentait de mettre le bâtiment à l'abri en courant devant. En un rien de temps, le navire s'est couché, la vergue dans l'eau, mais, avant même que quiconque ait pu comprendre ce qui se passait, il s'est progressivement remis au vent et redressé. Le grain s'accompagnait d'éclairs vifs et de nombreux et puissants coups de tonnerre. L'ensemble de l'équipage a été un court instant plongé dans un véritable état de consternation et de confusion. Cependant, par chance, la violence du grain avait été tout entière concentrée dans la première rafale. Le vent a molli peu à peu et le temps s'est remis au beau. Nous avons réparé les dégâts sans grande difficulté et avons poursuivi notre route en enregistrant la perte de nos deux baleinières.

Le 30 août, nous avons touché Flores, une des îles de l'archipel occidental des Açores. Nous nous sommes arrêtés deux jours sur cette île, et avons profité de ce laps de temps pour mettre nos canots à terre et faire provision de légumes et de quelques cochons. Dès lors, nous avons bénéficié de l'alizé du nord-est et, en seize jours, nous avons atteint Maio, une des îles du Cap-Vert. Tandis que nous naviguions le long de la côte, nous avons repéré, échoué sur la plage, un navire qui selon toute apparence était un baleinier. Ayant perdu deux de nos baleinières, et à supposer que des biens de ce vaisseau puissent avoir été épargnés, nous avons décidé de l'identifier et de faire le nécessaire pour compenser la perte de nos baleinières par l'acquisition des siennes. Nous nous sommes donc préparés à mettre pied à terre. Après un court instant, trois hommes sont apparus, qui venaient à nous dans un canot. Ils se sont vite retrouvés à nos côtés. Ils nous ont informés que le navire naufragé était l'*Archimède*, capitaine George B. Coffin, New York. Ce vaisseau avait heurté un rocher aux abords de l'île, une quinzaine de jours auparavant. En jetant le navire vers le rivage, tout le monde avait pu être sauvé ; le capitaine et son équipage étaient depuis rentrés au pays. Nous avons négocié les baleinières avec ces gens, obtenu quelques cochons supplémentaires, et avons levé à nouveau les voiles.

Aucun incident notable n'a marqué notre traversée jusqu'au cap Horn. Nous avons atteint la longitude du cap aux environs du 18 décembre, en ayant dû nous confronter au vent de face sur presque l'ensemble du parcours. Nous avions prévu un temps de passage raisonnable pour franchir le cap, car nous savions que nous l'aborderions à la période de l'année considérée comme la plus favorable. Mais il nous a fallu, en fin de compte, affronter de gros coups de vent d'ouest et une mer des plus grosses ; le tout nous a maintenus à l'écart du cap, et cinq semaines nous ont été nécessaires avant de pouvoir faire route à l'ouest.

On retiendra du franchissement de ce célèbre cap que les puissantes rafales d'ouest et la forte houle en sont à coup sûr les meilleurs gardiens. La prédominance et la constance de ce vent et de cette grosse mer produisent inévitablement un courant rapide qui met les navires sous le vent, et ce n'est que grâce à des conditions favorables qu'ils peuvent, dans la plupart des cas, le domestiquer. Les difficultés et les dangers de ce passage sont proverbiaux, mais pour autant que j'aie pu l'observer – et les nombreux rapports de baleiniers corroborent mon expérience –, on peut toujours compter sur une mer longue et régulière. Et même si les coups de vent sont forts et acharnés – et ils le sont indubitablement – ils ne soufflent pas avec la violence destructrice qui caractérise certaines tornades de l'Atlantique Ouest.

Le 17 janvier 1820, nous avons atteint l'île de Sainte-Marie, le long de la côte chilienne, par 36° 69' de latitude sud et 73° 41' de latitude ouest. Cette île est une sorte de point de rendez-vous pour les baleiniers qui s'y approvisionnent en vivres et en eau ; entre l'île et le continent – distant d'environ dix milles –, les pêcheurs croisent fréquemment cette baleine qu'on surnomme la baleine franche. Notre but en ralliant cette île était principalement de prendre des informations. De là, nous avons navigué jusqu'à l'île de Más Afuera, où nous nous sommes ravitaillés en bois et en poisson, et de là nous avons poursuivi notre périple le long de la côte chilienne, à la recherche de cachalots. Nous en avons pris huit qui ont produit deux cent cinquante barils d'huile. La saison s'achevant, nous avons changé de terrain de chasse, pour la côte du Pérou. Là, nous nous sommes procuré cinq cent cinquante barils. Après une halte dans le petit port de Decamas, où nous avons reconstitué nos réserves d'eau et de bois, nous avons appareillé, le 2 octobre, vers les Galápagos. Nous avons jeté l'ancre et sommes restés sept jours sur Hood, une des îles de cet archipel. Durant ce laps de temps, nous avons réparé une voie d'eau que nous avions découverte et nous nous sommes procuré trois cents tortues. Nous avons ensuite visité l'île Charles, où nous nous en sommes procuré soixante de plus.

La tortue est un mets absolument délicieux. Ces bêtes pèsent en moyenne une centaine de livres, mais beaucoup d'entre elles peuvent atteindre les huit cents livres. Grâce à elles, les navires sont généralement approvisionnés pour un bon bout de temps et peuvent économiser une bonne partie des autres denrées. Les tortues ne mangent pas, elles ne boivent pas non plus, ce qui est un avantage et non des moindres. Selon les circonstances, elles se promènent sur le pont dans nos pattes ou sont entassées en soute. Elles peuvent survivre un an ou plus sans eau ni nourriture, mais meurent très vite s'il fait froid.

Nous avons quitté l'île Charles, le 23 octobre, pour nous diriger vers l'ouest, à la recherche de cétacés. Par 1° de latitude sud et 180° de longitude ouest, le 16 novembre dans l'après-midi, nous avons perdu une embarcation alors que nous étions à pied d'œuvre au milieu d'un banc de baleines. J'étais moi-même dans la baleinière avec cinq hommes ; je me tenais à l'avant, le harpon bien ferme en main, espérant à tout moment voir surgir une des baleines du banc au milieu duquel nous nous trouvions, pour pouvoir la frapper. Imaginez donc mon étonnement et ma surprise de me retrouver soudain projeté en l'air, mes compagnons éparpillés autour de moi, et la baleinière rapidement remplie d'eau. La baleine était venue directement sous l'embarcation, et d'un coup de queue nous avait frappés par-dessous et projetés de tous côtés. Nous avons pu cependant, bien qu'avec une certaine difficulté, nous sortir sains et saufs de ce naufrage : nous nous étions accrochés à l'épave, jusqu'à ce qu'une des autres baleinières engagées dans le banc vienne à notre secours et nous extraie de là.

Difficile à imaginer, mais personne ne fut blessé dans cet accident ! Il arrive très fréquemment au cours de chasses à la baleine que des bateaux soient défoncés, que des rames, des harpons, des lignes soient cassés, que des chevilles et des poignets soient tordus, que des baleinières soient renversées, et que des équipages entiers restent des heures dans l'eau, mais sans pour autant qu'aucune de ces mésaventures ne coûte la vie à quiconque. Nous, marins, sommes tellement accoutumés à la répétition perpétuelle de telles scènes qu'elles nous sont presque devenues familières. C'est pourquoi nous gardons en permanence cette confiance et ce sang-froid qui nous dictent le geste juste face au danger et protègent nos corps autant que nos esprits de la fatigue, des privations et des périls, et ce, au-delà même de ce que l'on peut concevoir.

Ce sont les dangers et les épreuves qui font le marin et qui établissent entre nous la hiérarchie ; et c'est un sujet de fierté courant chez un baleinier que d'avoir échappé plus souvent que son compagnon à une fin imminente et apparemment inévitable. C'est donc sur cette considération qu'est établie sa valeur, sans qu'il soit nécessaire d'en appeler à d'autres qualités.

2.

Alors même qu'un temps considérable s'est écoulé depuis, je ne puis me remémorer les scènes qui vont maintenant faire l'objet de ce récit, sans éprouver une émotion mêlée d'horreur et de stupéfaction face à notre sort ; un sort proprement incroyable qui nous a préservés, mes compagnons survivants et moi-même, d'une mort effroyable.

Bien souvent, en y repensant – et même après tant de mois –, je me surprends à verser des larmes de gratitude pour notre salut, et à bénir Dieu, dont l'aide et la protection nous ont menés à travers une série d'afflictions et de détresses sans égales, et nous ont ramenés au sein de nos familles et de nos amis.

On ne saurait se faire une idée de l'étendue de douleur et de supplice que l'esprit humain est à même d'endurer quand il se trouve aux prises avec les angoisses liées à sa survie, ni des tiraillements et des faiblesses que le corps est capable de supporter tant que nous n'y avons pas été confrontés. Et quand enfin survient la délivrance, quand le rêve – celui de s'en sortir – se concrétise, une indicible gratitude envahit l'âme et des larmes de joie étouffent toute parole. On prend, à l'école de la souffrance, de la privation et du désespoir, de grandes leçons de constante soumission à la tolérance et la bonté du Tout-Puissant. Ainsi, lorsqu'en pleine nuit, au milieu du vaste océan, les cieux devenaient invisibles et qu'une sombre tempête nous surprenait, nous nous sentions tout disposés à crier : « Ciel, aie pitié de nous, car toi seul peux nous sauver ! »

Mais j'en viens au récit. Le 20 novembre, nous croisions par 0° 40' de latitude sud et par 119° 0' de longitude ouest, quand nous avons aperçu un banc de baleines à l'avant, sous le vent. Le temps alors était particulièrement beau et clair. Il était environ huit heures du matin quand l'homme de vigie a lancé le cri habituel : « Souffle, là ! » Nous avons immédiatement viré pour filer dans la bonne direction. Alors que nous approchions à un demi-mille de l'endroit où nous avions repéré les baleines, nous avons affalé et armé chacune des baleinières et nous nous sommes lancés à leur poursuite. Dans le même temps et pour nous attendre, le navire a été mis en panne et le grand hunier à contre. Dans la seconde baleinière, je tenais le harpon ; le capitaine me précédait dans la première.

Quand je suis arrivé sur le lieu où selon nos calculs les baleines devaient se trouver, à première vue, il n'y avait rien. Nous nous sommes reposés sur nos avirons, dans l'angoisse de les voir surgir quelque part près de nous. Peu après, l'une d'entre elles a surgi et craché son jet à une courte distance de mon bateau. Je me suis dirigé vers elle à vive allure, m'en suis approché très près et l'ai frappée. Quand elle a senti le harpon, elle s'est lancée agonisante vers l'embarcation (qui à ce moment-là se situait contre elle) et, donnant un grand coup de queue, l'a frappée par le travers, près de la ligne de flottaison, y faisant un trou. J'ai attrapé immédiatement la hachette du canot et j'ai coupé la ligne du harpon pour dégager le canot de la baleine, car celle-ci, à cet instant, filait à toute vitesse. J'ai réussi à m'en débarrasser en perdant le harpon et la ligne, et quand j'ai découvert l'eau qui s'engouffrait dans l'embarcation, je me suis hâté de boucher le trou avec trois ou quatre vestes ; j'ai donné l'ordre à un homme d'écoper en continu et aux autres de nous ramener immédiatement vers le navire.

Nous avons réussi à maintenir la baleinière à flot et à regagner très vite le bâtiment. Le capitaine et le second, dans les deux autres baleinières, ont continué la poursuite, et, peu après, ont frappé une autre baleine. Ils étaient alors à une distance importante sous le vent ; je me suis rendu à l'avant, j'ai brassé les vergues principales et lancé le navire dans leur direction.

La baleinière endommagée a été immédiatement hissée, et, après avoir examiné le trou, j'ai estimé que je pourrais la réparer en y clouant un bout de toile, afin d'être en mesure de nous joindre à la nouvelle poursuite plus rapidement qu'en descendant le canot resté en place sur le navire. En conséquence, j'ai retourné l'embarcation par la hanche et, tandis que j'étais en train de clouer la toile, j'ai remarqué un immense cachalot qui, pour autant que je pouvais en juger, devait faire dans les quatre-vingt-cinq pieds de long. Il fendait l'eau à environ trois cents pieds de notre proue, allongé tranquillement, la tête orientée vers le navire. Il a soufflé deux ou trois fois, puis il a disparu. Moins de deux ou trois secondes plus tard, il est réapparu, à une longueur à peine du navire, et s'est dirigé vers nous à une vitesse d'environ trois nœuds. Le bateau à cet instant allait à peu près à la même allure. L'apparence et l'attitude du cachalot n'avaient à première vue rien d'alarmant, mais tandis que je surveillais ses mouvements et que je l'observais venir vers nous à grande allure, à une longueur seulement du bateau, j'ai instinctivement ordonné au garçon à la barre de mettre « à bâbord toute », dans le but de prendre le large et de l'éviter.

J'avais à peine prononcé ces mots, que le cachalot est revenu vers nous à pleine vitesse, et qu'il a frappé le navire avec sa tête, juste devant les porte-haubans de misaine ; le coup fut si fort qu'il nous jeta presque à terre. Le bateau s'est alors élevé avec autant de soudaineté et de violence que s'il avait heurté un rocher, et il a tremblé comme une feuille pendant plusieurs secondes.

Nous nous sommes regardés les uns les autres, totalement stupéfaits, et presque incapables de prononcer un mot. Plusieurs minutes se sont écoulées avant que nous puissions donner toute sa mesure à ce terrible accident. Pendant ce temps, la baleine passait à nouveau sous le bateau et effleurait la quille en la longeant. Elle est revenue vers nous sous le vent et s'est étalée à la surface de l'eau, l'espace d'une minute, apparemment étourdie par la violence du choc. Puis elle est repartie sous le vent.

Après quelques instants de réflexion, et passé le stade de la consternation, j'en suis logiquement arrivé à la conclusion qu'elle avait fait un trou dans le navire et qu'il allait falloir actionner les pompes. Nous les avons donc mises en place, mais, alors qu'elles n'étaient opérationnelles que depuis une minute à peine, j'ai remarqué que l'avant du bateau s'enfonçait peu à peu. J'ai alors donné le signal de mettre à l'eau les autres canots. Je venais tout juste de lancer l'ordre que je l'ai aperçue à nouveau à la surface – semble-t-il prise de convulsions –, à environ quinze cents pieds sous le vent. Elle était enveloppée dans l'écume qu'elle avait créée autour d'elle en se débattant violemment et continûment dans l'eau, et je pouvais la voir claquer des mâchoires, comme si elle cherchait à passer ainsi sa rage et sa colère. Elle est restée dans cette attitude un court instant, puis s'est lancée contre le bossoir sous le vent, à vive allure.

Pendant ce temps, le bateau s'était largement enfoncé dans l'eau ; je l'ai alors considéré comme perdu. J'ai cependant donné l'ordre d'actionner les pompes en continu, et je me suis efforcé, pour faire face à la situation, de rassembler mes idées. Je suis retourné aux canots – deux d'entre eux étaient encore sur le navire – avec l'intention de les dégager et de tout préparer pour embarquer s'il n'y avait pas d'autre solution. Tandis que j'étais concentré à cette tâche, j'ai soudain entendu le cri d'un homme qui se tenait à l'écoutille : « La voilà qui fonce à nouveau sur nous ! »

Je me suis retourné et je l'ai vue, à environ quinze cents pieds, juste en face de nous, qui revenait vers le navire à une vitesse au moins deux fois supérieure à la normale, et il m'a semblé à cet instant que son allure trahissait une colère et un esprit de vengeance décuplés. La vague autour d'elle débordait dans tous les sens, et son sillage s'accompagnait d'une écume blanche de près de quinze pieds de largeur, produite par le fouettement furieux de sa queue. Sa tête sortait à moitié de l'eau ; c'est ainsi qu'elle fondit sur le navire et le frappa à nouveau. J'espérais, en la voyant venir ainsi vers nous, que par un mouvement habile consistant à abattre, je serais en mesure de couper sa trajectoire avant qu'elle ne nous atteigne et que j'éviterais ainsi ce qui, si elle nous frappait à nouveau, conduirait à coup sûr à notre destruction. J'ai hurlé à l'homme à la barre : « Barre toute ! » Mais le navire n'avait pas bougé de plus d'un quart que nous avons encaissé le second choc. J'estime la vitesse du bateau à cet instant à environ trois nœuds et celle de la baleine à six. La bête nous a frappés du côté au vent, juste en dessous du bossoir et a détruit totalement notre avant. Elle est passée à nouveau sous le bateau, a filé sous le vent et nous ne l'avons jamais revue.

Il est plus facile, arrivé à ce point du récit, d'imaginer notre situation que de la décrire. Ce que le choc provoqua sur nos esprits, nul, à moins d'avoir été présent, ne peut le concevoir. La malchance nous a surpris au moment où nous nous y attendions le moins. Nous basculions de la joie qui nous habitait en pensant aux importants profits que nous espérions tirer de notre travail à l'abattement provoqué par une soudaine mais bien mystérieuse et écrasante calamité.

Il fallait sans perdre une seconde faire face à l'extrémité à laquelle nous étions inéluctablement réduits. Nous étions à plus de mille nautiques de la terre la plus proche, avec rien d'autre pour nous protéger et assurer notre sécurité qu'un bateau ouvert à tous les vents. J'ai ordonné aux hommes de cesser de pomper et à chacun de se prendre en charge. Pendant ce temps, me saisissant de la hachette, j'ai coupé les attaches du canot de sauvetage qui était posé à l'envers sur deux espars, sur le gaillard d'arrière, et j'ai crié à ceux qui étaient à mes côtés de s'en saisir au passage. C'est ce qu'ils ont fait : ils l'ont porté sur leurs épaules jusqu'au plat-bord du bateau.

Le steward pendant ce temps était descendu à deux reprises dans la cabine et avait sauvé deux sextants, deux manuels de navigation, ainsi que mon coffre et celui du capitaine. On a lancé tout cela à la hâte dans le canot – au moment où celui-ci touchait le pont – ainsi que les deux boussoles que j'avais arrachées à l'habitacle. Le steward a tenté à nouveau de descendre, mais l'eau maintenant se précipitait à l'intérieur, et il est revenu sans avoir pu atteindre son but. À l'instant où nous avons posé l'embarcation sur le plat-bord, le navire s'est rempli d'eau et il a engagé. Nous avons poussé notre canot aussi vite que possible du plancher vers l'eau, tout le monde a sauté dedans d'un seul élan et, nous lançant vers l'avant, nous nous sommes dégagés du navire. Nous en étions à peine à deux longueurs, qu'il s'est couché au vent et s'est enfoncé dans l'eau.

L'étonnement et le désespoir nous ont aussitôt submergés. Nous avons contemplé l'effroyable situation dans laquelle se trouvait le navire, et avons envisagé avec horreur le fléau soudain et mortel qui nous frappait. Nous nous sommes regardés, comme si quelque consolation pouvait émerger d'un partage de sentiments, mais chaque visage était empreint de la pâleur du désespoir. Pendant plusieurs minutes, aucun d'entre nous ne prononça un mot. Nous nous sentions liés par un sort stupide et consternant.

Entre le moment où nous avions subi la première attaque de la baleine et celui où le bateau s'était enfoncé dans l'eau et où nous l'avons quitté pour le canot, dix minutes au grand maximum s'étaient écoulées. Dieu seul sait de quelle façon et par quels moyens nous avons été capables d'accomplir tout cela en si peu de temps. Le simple fait de détacher le canot et de le transporter aurait, d'ordinaire, pris autant de temps si l'équipage entier s'y était employé. Mes compagnons n'ont pu sauver le moindre objet, sinon ce qu'ils avaient sur le dos ; mais pour moi c'était une immense source de satisfaction – si tant est que l'on puisse en trouver une, au vu de l'atrocité de notre situation – que d'avoir eu la chance de préserver nos compas, nos instruments de navigation et nos quadrants. Passé le premier choc, j'ai regardé ces objets avec enthousiasme, les considérant comme les instruments de notre salut. Sans eux, tout aurait été noir et sans espoir.

Dieu de miséricorde, quelle image de détresse et de souffrance nourrissait maintenant mon imagination ! L'équipage du navire – composé de vingt âmes – était sauf : et pour conduire ces vingt personnes à travers les orages terrifiants de l'océan, sur peut-être plusieurs centaines de mille marins, nous ne disposions que de trois embarcations à ciel ouvert. La perspective, pour subsister durant cette période, de récupérer de l'eau ou quelque autre provision que ce soit sur le bateau était pour le moins douteuse.

Combien de longues nuits, ai-je pensé alors, allions-nous passer à veiller ?

Combien de pénibles journées de rationnement allions-nous supporter avant que le moindre allégement de nos souffrances puisse être raisonnablement envisagé ?

Nous nous sommes étendus dans notre embarcation – à deux longueurs environ de l'épave – dans un parfait silence, plongés dans nos réflexions mélancoliques, méditant sur notre situation, quand nous avons aperçu les autres canots qui ramaient dans notre direction. Ils venaient tout juste de comprendre qu'un accident nous était arrivé, mais ils n'en connaissaient aucunement la nature. La soudaine et mystérieuse disparition du navire avait été découverte par le barreur de la baleinière du capitaine. L'expression et la voix empreintes de terreur, il s'était exclamé : « Oh, mon Dieu, où est le navire ? »

Sur ce, ils avaient suspendu instantanément leurs opérations et, alors qu'ils cherchaient de toute part, mais en vain, le bâtiment du regard, un cri d'horreur et de désespoir s'était élevé des canots.

Ils avaient aussitôt fait route vers nous. La première embarcation à nous atteindre fut celle du capitaine. Ce dernier s'est arrêté à une longueur de nous, incapable d'articuler le moindre mot. Dépassé par le spectacle qu'il avait sous les yeux, il s'est assis dans son canot, pâle et sans voix. Il semblait tellement altéré, sidéré, écrasé et oppressé par ce qu'il découvrait et par l'épouvantable réalité qu'il avait sous les yeux, que j'ai eu bien du mal à le reconnaître. Très vite, cependant, il a été en mesure de m'adresser cette question : « Mon Dieu, monsieur Chase, qu'est-ce qui nous arrive ? »

J'ai répondu : « Nous avons été défoncés par une baleine », et je lui ai alors brièvement raconté l'histoire. Après quelques instants de réflexion, il nous a fait remarquer qu'il allait falloir sectionner les mâts du navire et nous efforcer d'extraire ce que l'on pourrait trouver à manger.

Nous nous sommes donc, à partir de là, résolus à concentrer nos forces pour sauver du naufrage ce dont nous étions susceptibles d'avoir besoin ; nous avons pour cela ramé vers le navire, l'avons abordé et avons essayé par tous les moyens de débusquer un accès à la soute. Dans ce but, les rides ont été coupées et nous avons commencé à scier les mâts ; le navire a pu ainsi se redresser et nous avons été en mesure de saborder les ponts. Comme nous n'avions pas d'angle de frappe, ni d'autres instruments à notre disposition que les petites hachettes dont étaient équipées les baleinières, cette opération nous a occupés environ trois quarts d'heure. Une fois les mâts retirés, le navire s'est redressé de deux tiers sur sa quille.

Tandis que nous étions affairés sur les mâts, le capitaine a pris son sextant – sauvé du navire – et a fait le point. Nous étions à 0° 40' de latitude sud et à 119° de longitude ouest.

Nous avons alors commencé à découper les planches directement au-dessus de deux gros coffres à pain qui, par le plus grand des hasards, étaient situés entre les ponts, dans le ventre du navire. Étant donné que ceux-ci étaient situés dans la partie supérieure du bâtiment quand il avait chaviré, nous avions de sérieux espoirs qu'ils n'aient pas pris l'eau. Nos vœux furent exaucés, et nous avons pu retirer de ces coffres six cents livres de pain ferme. Nous avons ensuite sabordé d'autres parties du pont et nous nous sommes procuré sans difficulté autant d'eau fraîche que nous pouvions espérer en charger à bord des canots ; ainsi, chacun d'entre eux fut pourvu d'environ soixante-cinq gallons. Nous avons pris également dans un des coffres un mousquet, une petite boîte de poudre, quelques limes, deux râpes, à peu près deux livres de clous et quelques tortues.

Dans l'après-midi, le vent s'est levé : une forte brise. Comme nous avions récupéré tout ce qui pouvait l'être, nous avons entrepris de faire le nécessaire afin d'assurer notre sécurité pour la nuit. Nous avons rapidement tendu un cordage entre les bannières et le navire, nous avons amarré une baleinière à environ cinquante brasses du bâtiment, sous le vent, une autre a été reliée à la première environ huit brasses sur l'arrière, et la troisième, à la même distance, sur l'arrière aussi. La nuit est tombée alors même que nous finissions nos opérations... Et quelle nuit ! L'inquiétude et l'agitation fiévreuse nous privèrent de tout repos. Je revoyais et l'épave et la scène du naufrage. Il m'était impossible, quels que soient mes efforts, de chasser de mon esprit les horreurs de la veille. Elles m'ont hanté la nuit durant. Mes compagnons – certains d'entre eux se comportaient comme des femmes malades – n'avaient pas idée de l'étendue du désastre. Un ou deux ont dormi, imperturbables, tandis que les autres ont gâché leur nuit à grogner vainement.

J'avais maintenant le loisir de revenir, avec une certaine distance et dans un calme relatif, sur les circonstances épouvantables de notre naufrage. Les scènes de la veille défilaient à une telle vitesse dans ma tête que j'eus besoin de plusieurs heures d'intense réflexion avant d'admettre que cette catastrophe n'était pas un mauvais rêve. Hélas, c'en était un de ceux dont on ne se réveille pas. Il était si réel : hier encore nous étions – comment dire ? – en vie, et en un rien de temps nous étions privés de tous les espoirs et les projets que nourrissent les vivants. Je n'ai pas de mots pour dépeindre l'atrocité de notre situation. Verser des larmes était totalement inutile et, en outre, bien peu viril, mais je ne saurais nier qu'elles m'auraient apporté du réconfort.

Après plusieurs heures futiles de chagrin et de mollesse, j'ai commencé à réfléchir à l'accident. Je me suis efforcé de déterminer quelle malchance ou quel destin (il m'était impossible au premier abord de le savoir) était à l'origine de cette attaque soudaine et quasiment meurtrière d'un animal à la placidité proverbiale, réputé pour son caractère inoffensif et à ce jour jamais suspecté de violence préméditée. J'étais convaincu que c'était tout sauf le hasard qui avait dirigé les opérations. La baleine avait lancé deux attaques distinctes contre le navire, dans un court intervalle, et chacune d'entre elles, vu leur direction, avait été calculée pour nous causer le maximum de dommages. Parce que ces assauts étaient portés de front, ils cumulaient au moment du choc la vitesse des deux protagonistes. Pour aboutir à un tel impact, la baleine avait dû réaliser des manœuvres très précises.

L'expression tout à fait effrayante de l'animal indiquait bien son ressentiment et sa colère. Elle venait directement du banc dans lequel nous venions juste de frapper trois de ses congénères, et on aurait dit que la souffrance de ses compagnons avait allumé un désir de vengeance dans son esprit.

Le mode de combat que ces baleines adoptent invariablement consiste soit à assener des coups de queue répétés, soit à claquer des mâchoires ; nul parmi les plus vieux et les plus expérimentés des marins n'a jamais entendu parler d'un cas identique à celui-ci.

Néanmoins, de par sa force et sa structure, la tête de la baleine est parfaitement adaptée à ce mode d'attaque. Sa partie proéminente est presque aussi dure et résistante que de l'acier. Je ne saurais la comparer à rien d'autre qu'au sabot d'un cheval, sur lequel ni lance ni harpon ne laisseraient la moindre trace. Quant aux oreilles et aux yeux de la baleine, ils sont positionnés au tiers du corps en partant du front de l'animal et ne sont donc absolument pas menacés par ce mode d'attaque. Au final, la conjugaison de ces éléments, qui m'ont donné, sur le coup – et du fait que le tout s'était déroulé sous mes yeux –, l'impression d'un acte intentionnel et prémédité de la part de la baleine, m'incite aujourd'hui à penser que mon jugement d'alors n'est pas erroné.

Il s'agit certainement, et quel que soit l'angle sous lequel on l'aborde, d'un événement totalement insensé, le plus extraordinaire sans doute jamais rapporté dans les annales de la pêche.

3.

21 novembre

Le jour s'est levé sur notre malheureux équipage. Il faisait beau, mais une forte brise du sud-ouest soufflait et la mer était très agitée. Durant la nuit, nous avions, dans nos canots respectifs, établi des quarts afin de veiller à ce qu'aucun espar ou autre objet flottant en provenance du navire ne soit projeté par les vagues contre les canots, risquant alors de les endommager.

Au lever du soleil, nous avons pris la décision de passer à l'action ; mais que faire ? Cela, nous l'ignorions.

Nous avons quitté nos canots pour nous rendre sur l'épave et voir si quoi que ce soit d'important pouvait être récupéré, mais tout n'était que tristesse et désolation.

Nous avons recherché, longuement et en vain, quelque objet qui aurait pu être utile ; nous n'avons rien découvert à part quelques tortues. Or nous en possédions déjà assez – du moins autant que nous pouvions en stocker dans nos canots sans nuire à notre sécurité – alors, pendant la majeure partie de la matinée, nous avons erré dans les recoins émergés du bateau, sans but, en proie à une sorte de désœuvrement.

Nous étions maintenant parfaitement lucides, conscients de notre misère, de notre condition, désespérante – étant donné ce qu'il nous restait pour subsister –, de notre nécessité de ne pas perdre notre temps ; nous devions nous efforcer de trouver le soulagement partout où cela serait possible, et ce quel que soit le chemin sur lequel Dieu nous conduirait.

Nos pensées demeuraient encore concentrées sur le navire, tout naufragé et à demi englouti qu'il fût, et nous pouvions à peine chasser de notre esprit l'idée qu'il nous fallait coûte que coûte assurer sa protection.

Au vu de notre situation, de grands efforts étaient nécessaires. Il était également important, dans la perspective d'une éventuelle délivrance, de bien estimer les moyens – ainsi que les réserves – dont nous disposerions pour supporter notre sort, a priori pour une longue période.

Nous avons, d'un commun accord, décidé de nous employer à déshabiller totalement le navire de ses voiles légères afin d'en confectionner pour nos baleinières. Nous avons passé la journée entière à cette double tâche.

Nous avons récupéré sur l'épave des mâts et d'autres légers espars qui pourraient être de quelque utilité. Chaque canot était maintenant gréé avec deux mâts munis tous deux d'un foc et de deux voiles à livarde, confectionnées de telle façon qu'on pouvait y serrer deux ris en cas de gros grain. Nous avons continué à surveiller l'épave pour voir si elle était encore susceptible de recracher quelque objet utile, et nous avons laissé, toute la journée, un homme sur le moignon du mât de misaine pour scruter l'horizon et les navires.

Le vent et la mer qui grossissaient entravaient sérieusement notre travail, et les vagues qui se brisaient continuellement sur les canots nous inquiétaient beaucoup : serions-nous capables de préserver nos provisions et de les protéger de l'humidité ? C'est cela avant tout qui a accru notre appréhension quant aux insuffisances de nos canots à faire face aux mauvaises conditions que nous allions, par la force des choses, rencontrer à un moment ou à un autre.

Afin de nous en prémunir au mieux – et aussi pour renforcer les matériaux légers dans lesquels les canots étaient construits –, nous avons récupéré sur l'épave quelques planches de cèdre prévues pour réparer les canots en cas d'accident, et nous avons, grâce à ces planches, surélevé les plats-bords de six pouces environ. Ces derniers, nous nous en sommes rendu compte ensuite, allaient parfaitement remplir le rôle pour lequel ils avaient été prévus, et je me réjouis de savoir que sans eux nous n'aurions jamais pu en réchapper. Les canots, sans cela, auraient embarqué tant d'eau que les efforts conjugués de vingt hommes – faibles et affamés comme nous allions le devenir – n'auraient pas suffi à les préserver.

Mais notre préoccupation essentielle – à vrai dire la source principale de notre angoisse – fut de protéger nos provisions contre l'eau salée. Nous les avons disposées sous les tambours – ces revêtements en bois qui habillent les baleinières à leurs extrémités – après les avoir enveloppées dans plusieurs épaisseurs de toile.

J'ai fait, ce jour-là, un relevé qui m'a permis d'établir que nous étions à 0° 6' de latitude sud et 119° 30' de longitude ouest et que nous avions donc, durant les dernières heures, été poussés par les vents sur une distance de quarante-neuf milles. Il apparaissait donc que, pendant tout ce temps, il avait dû y avoir un fort courant nord-ouest.

Nous n'étions pas en mesure d'achever la confection de notre voilure en une journée. Il fallait encore régler beaucoup de détails avant de nous séparer du bateau, mais la nuit qui tombait mit fin prématurément à nos travaux. Nous avons pris les mêmes dispositions que la veille pour sécuriser les canots en les amarrant les uns aux autres, et nous avons fait face aux affres d'une nouvelle nuit tumultueuse. Le vent a continué à souffler fort, soulevant une grosse mer, sautant du sud-est à l'est, puis à l'est-sud-est.

Tandis que la triste nuit approchait, nous contraignant à cesser notre travail – qui en nous occupant, nous détournait d'une certaine façon de la réalité et nous faisait oublier notre situation –, nous sommes tous devenus muets et avons cédé au découragement. La veille, nombre d'entre nous avaient été pris d'une véritable frénésie, notamment pour examiner l'épave et construire les voiles et les gréements pour les canots. Mais quand ils ont cessé d'être occupés, les hommes ont aussitôt été emportés par une vague de mélancolie, et les misères liées à notre situation les ont submergés si violemment qu'elles ont déclenché en eux des accès d'extrême faiblesse qui les ont conduits au bord du malaise.

Nous avons à peine touché à nos provisions – l'appétit s'en était allé. Mais, dans la mesure où nous disposions d'eau en abondance et que nos bouches desséchées semblaient en ressentir un besoin permanent, nous nous sommes autorisés à nous abreuver copieusement et fréquemment. Personne ne demandait de pain. Notre état d'anxiété permanent nous ôtait, pour la nuit à venir, toute chance de trouver le sommeil. Tandis que depuis deux jours, la situation dans sa réalité s'imposait à mes yeux dans toute sa gravité, mon esprit manifestait encore la plus grande répugnance à l'accepter.

Je me suis assis au fond du bateau en m'abandonnant à mes pensées. J'adressais mes suppliques silencieuses au Dieu de miséricorde pour en appeler à sa protection ; nous en avions tant besoin. Parfois, il est vrai, un léger espoir pouvait poindre. Mais alors, le fait de me savoir totalement dépendant de la chance et de ne devoir m'en remettre qu'à elle pour espérer quelque aide ou envisager un quelconque sauvetage, chassait la moindre espérance de ma pensée.

L'accident – cette attaque mystérieuse et fatale de l'animal –, l'affaissement soudain du vaisseau et son naufrage, notre fuite du navire et enfin notre triste et pour le moins funeste sort, tout cela, qui me traversait vivement l'esprit, était bien déroutant.

Épuisé par l'effort physique et mental, j'ai trouvé dans le sommeil, à l'approche du jour, une heure de répit à mes maux.

22 novembre

Le vent n'a pas baissé et le temps est resté au beau. Au lever du soleil, nous avons à nouveau ramené nos canots près de l'épave et nous avons continué à chercher des objets qui flotteraient. Vers sept heures environ, le pont de l'épave a commencé à s'affaisser, et tout laissait présager sa rapide désintégration. L'huile s'échappait du fond de cale, et la surface de la mer alentour en était entièrement recouverte. Les cloisons étaient tombées, le navire travaillait de toute part – des joints aux coutures – sous l'assaut violent et continu des vagues.

Voyant enfin qu'il ne servait pas à grand-chose, pour ne pas dire à rien, de demeurer près de l'épave, et dans la mesure où il semblait primordial que tant qu'il nous resterait des vivres nous utiliserions au mieux le temps dont nous disposions, j'ai ramé vers le canot du capitaine et l'ai interrogé sur ses intentions. Je lui ai signalé que les ponts du navire avaient volé en éclats, qu'à l'évidence, le bâtiment partirait bientôt en morceaux, qu'il n'y avait plus rien à espérer à rester plus longtemps à ses côtés, qu'on ne pouvait plus rien en tirer, et que, selon moi, il fallait, sans perdre de temps, faire notre possible pour rejoindre la terre la plus proche.

Le capitaine a répondu qu'il se rendrait une fois encore sur l'épave et l'inspecterait, qu'il attendrait jusqu'à midi à seule fin de faire un relevé, et prendrait une décision dans la foulée. Pendant ce temps, et avant qu'il soit midi, nous avons achevé notre voilure et nous avons préparé par ailleurs les canots pour le départ. Notre relevé, avec toute la précision que nous avons pu lui apporter, nous indiquait que nous étions à 0° 13' de latitude nord et 120° de longitude ouest. Nous avions donc traversé l'équateur durant la nuit et dérivé de dix-neuf milles. Le vent avait tourné très nettement à l'est durant les dernières vingt-quatre heures.

Nos calculs achevés, le capitaine, après avoir visité l'épave, a convoqué un conseil composé de lui-même ainsi que du second et du premier lieutenant, lesquels se sont rendus sur son canot pour échanger leurs opinions et imaginer les meilleurs moyens d'assurer notre sécurité et notre survie.

Nous étions en tout vingt hommes – dont six Noirs – et nous avions trois bateaux.

Nous avons examiné nos manuels de navigation pour vérifier quelle était l'île la plus proche et nous en avons conclu que c'était l'île Marquise. Les îles de la Société étaient les suivantes, mais nous n'avions absolument aucune information sur ces dernières. Si elles étaient habitées, nous supposions que c'était par des sauvages – que nous devions craindre au moins autant que les éléments, voire autant que la mort elle-même.

Sans cartes pour nous aider dans nos calculs, nous étions contraints de nous fier à nos seuls manuels de navigation. Et selon le capitaine, dans la mesure, où à proximité des îles Sandwich, la saison des tempêtes battait son plein, il paraissait risqué d'envisager de s'y rendre. Il résulta de nos délibérations qu'en tenant compte de ces considérations, il était préférable de faire route en suivant l'inflexion du vent – donc vers le sud – jusqu'à une latitude de 25° ou 26°, pour toucher la zone des vents variables, lesquels nous mèneraient vers l'est en direction des côtes du Chili ou du Pérou. Nous avons pris alors nos dispositions en vue d'un départ immédiat.

Le canot, que la fortune – ou plutôt l'infortune – m'avait réservé, était le plus mauvais des trois. Il était vieux et rapiécé ; il avait été endommagé à plusieurs reprises durant la traversée.

Une baleinière est une construction extrêmement fragile – plus que tout autre type de bateau. On dit de ces canots qu'ils sont bordés à clin ; ils sont construits dans les matériaux les plus légers afin que l'on puisse ramer le plus rapidement possible, comme l'exige la tâche pour laquelle ils ont été conçus. De tous les types d'embarcations, les baleinières sont les plus vulnérables, mais elles possèdent un atout majeur – celui de la légèreté et de la flottabilité – qui leur assure une flottaison maximale au-dessus de la course folle de la vague. Cette particularité est, quelque part, préférable à toute autre et, dans la situation qui était la nôtre, je n'aurais échangé notre baleinière, aussi vieille et délabrée fût-elle, contre aucune autre embarcation, même contre une vedette. Je suis persuadé que c'est à cette qualité propre à nos canots que nous devons d'abord notre survie, notre résistance à ces jours et ces nuits de gros temps que nous avons traversés par la suite.

La fragilité de notre baleinière fut prise en compte ; on ne lui affecta que six hommes, contre sept à celles du capitaine et du premier lieutenant. À midi et demi nous avons quitté l'épave et mis le cap sud-sud-est, quasiment toutes voiles dehors.

À quatre heures de l'après-midi, nous avons entièrement perdu l'épave de vue. Que de regards longs et mélancoliques avons-nous jetés derrière nous !

4.

J'ai souvent pensé depuis ces événements que, dans l'absolu, ce fut grande défaillance et extrême folie de notre part que d'avoir considéré notre navire brisé et englouti avec un tel débordement d'affection et de regret. Mais il nous apparaissait alors qu'en le laissant nous abandonnions tout espoir, et que c'était justement le désespoir et rien d'autre qui nous imposait par une sorte de diktat de lui tourner le dos. Nous étions convenus de maintenir ensemble et aussi près que possible nos canots, afin de pouvoir nous assister en cas d'accident et de rendre, par nos présences mutuelles, nos pensées moins mélancoliques. J'ai réalisé à cette occasion que douleur et misère aiment indéniablement se tenir compagnie. Si nous ne nous étions soutenus les uns les autres, je suis convaincu que certains d'entre nous se seraient, de par leur faiblesse de caractère, abîmés dans les sombres souvenirs de la récente catastrophe, et que ceux qui ne possédaient ni assez de lucidité ni assez de fermeté pour envisager sereinement ce que le futur leur réservait, n'auraient pas pu se passer du soutien de natures plus déterminées que les leurs.

Le vent a soufflé fort toute la journée. La mer était très formée. À cause des brèches dans la coque, notre bateau a pris l'eau sans discontinuer, ce qui nous a contraints à laisser un homme écoper sans cesse. Dans la nuit, les conditions météorologiques se sont beaucoup durcies, la mer passant de temps à autre par-dessus bord. Il fut entendu que nous nous diviserions en deux bordées, dont l'une, constamment éveillée, assurerait les tâches : écoper, établir les voiles, les orienter ou les serrer.

Nous sommes parvenus, pendant la nuit, à naviguer de conserve, et nous avons eu de nombreuses occasions de discuter avec les hommes des autres canots, les uns et les autres examinant nos différentes perspectives et moyens de survie. Il ressortait, de l'avis de tous, que notre meilleur espoir résidait dans la rencontre avec un autre navire – et plus probablement avec un baleinier. Dans ces mers, la grande majorité de ces navires croisait, supposions-nous, à la latitude vers laquelle nous avions à l'origine mis le cap. Ce n'était qu'un souhait, dont la réalisation ne dépendait en aucune façon de nos efforts, mais du seul hasard. Il ne nous sembla donc pas prudent, dans l'espoir de croiser un de ces vaisseaux, de nous écarter de notre cap et de perdre de vue, ne serait-ce qu'un instant, que nous avions de fortes chances – sous la protection de la Divine Providence – de rejoindre la terre par la route que nous nous étions fixée ; cela dépendrait pour le coup de calculs sensés et de notre propre détermination. Nous estimions que nos provisions et notre eau nous permettraient – sur la base de petits apports journaliers – de tenir soixante jours, et qu'avec l'alizé qui nous portait actuellement, nous serions en mesure de parcourir une distance d'un degré par jour. En vingt-six jours, nous devions être capables d'atteindre la zone des vents variables, et en trente jours supplémentaires, au grand maximum – pour peu que les conditions nous soient favorables – nous pouvions atteindre la côte. Forts de toutes ces considérations, nous avons entamé notre traversée, dont l'échec total – fruit d'une déplorable détresse et de souffrances insurmontables – va maintenant être exposé.

Notre ration, au début, consistait en un peu de pain, un biscuit d'une livre et trois onces et une demi-pinte d'eau par homme et par jour. Ces petites quantités étaient inférieures d'au moins un tiers aux besoins quotidiens d'une personne ordinaire. Aussi petites soient-elles, nous les acceptions cependant sans broncher et, en mainte occasion par la suite, nous avons béni Dieu de nous avoir, dans notre misère, octroyé cette pitance.

Les ténèbres d'une nouvelle nuit se sont abattues sur nous, et après avoir pris pour la première fois notre repas, composé de nos rations de pain et d'eau, nous avons étendu nos corps fatigués dans les canots et avons tenté de trouver le repos. Nos corps, épuisés par les veilles et les angoisses des deux nuits précédentes, ont enfin lâché prise et le sommeil nous a gagnés insensiblement. Nul rêve cependant n'est parvenu à briser les puissants cadenas qui verrouillaient nos esprits.

Mais, pour ma part, les pensées me tourmentaient à un point tel que le luxe du sommeil ne me fut pas encore octroyé. J'avais encore en tête chaque instant vécu et je n'ai pu profiter que de trop courts moments d'assoupissement qui venaient se glisser entre mes espoirs et mes peurs. Les sombres océans et les grosses mers, cela n'était rien. La peur d'être englouti par quelque épouvantable tempête, comme celle de toute autre pensée inquiétante, ne me paraissait pas digne d'occuper mon esprit. En lieu et place, le naufrage dans sa funeste dimension, l'aspect effrayant de la baleine et sa conduite vengeresse ont occupé mon esprit jusqu'à l'apparition d'un jour nouveau.

23 novembre

Dans mon coffre marin, que j'avais eu le bonheur de sauvegarder, je possédais plusieurs petites choses qui allaient se révéler d'un grand secours. Parmi celles-ci, il y avait huit ou dix feuilles de papier à lettres, une mine de crayon, quelques vêtements, trois modestes hameçons, un couteau de poche, une pierre à aiguiser et un peu de savon.

Avec le stylo et les quelques feuilles de papier que j'avais, j'ai commencé à tenir une sorte de journal de bord. Le couteau – entre autres usages utiles – nous servait de rasoir. C'est avec une grande difficulté cependant que je suis parvenu à prendre quelques notes, en raison notamment de l'instabilité du bateau, de ses mouvements incessants, et des embruns qui nous aspergeaient en permanence. En plus des objets énumérés, une lanterne, une poudrière ainsi que deux ou trois bougies se trouvaient dans chaque baleinière

– car ces dernières, lorsqu'elles s'engagent dans une chasse à la baleine, en sont toutes pourvues. Ajoutons à cela que le capitaine avait sauvé un mousquet, deux pistolets et une boîte contenant deux livres de poudre. Il avait distribué cette dernière à parts égales entre les trois canots et donné au premier lieutenant et à moi-même un pistolet.

Quand le matin s'est levé, nous nous sommes retrouvés très proches les uns des autres. Le vent avait considérablement forci depuis la veille. Nous avons été contraints en conséquence de réduire la voilure, et bien que l'intensité du vent ne nous mette pas directement en danger et ne soit pas très inquiétante, le fait que le bateau soit balayé sans cesse par les embruns – et que nos corps restent en permanence humides et salés – commençait à être vraiment pénible. Nous avons cependant poursuivi notre route jusqu'à midi, heure à laquelle il a fallu faire un relevé – si tant est que la chose fût possible, dans la mesure où l'eau passait par-dessus bord et où le mouvement de la mer ajoutait à l'instabilité de l'embarcation. Nous étions à 0° 58' de latitude sud ; nous avions donc repassé l'équateur. Comme nous ne possédions ni sablier ni ligne de lock, nous avons abandonné l'idée de compléter notre relevé par une mesure correcte de la longitude.

Dans le courant de l'après-midi, le vent mollit un peu, mais à la tombée de la nuit, il se mit à souffler à nouveau, avec quasiment la force d'un grain. Nous avons commencé à craindre pour notre petite embarcation. Sa capacité de résistance à la torture que pouvait lui infliger l'océan était si faible qu'elle exigeait le travail d'un homme pour la maintenir à sec. Dans l'après-midi, nous avons été entourés par un grand nombre de marsouins, qui n'ont cessé de jouer avec nous et qui ont continué à nous suivre durant la nuit.

24 novembre

Le vent n'avait absolument pas molli depuis la veille et la mer avait grossi au point de devenir énorme et – mais était-ce possible ? – d'accroître l'extrême inconfort de notre situation. Pour couronner le tout et ajouter à notre malheur, nos efforts pour préserver nos vivres s'étaient révélés plutôt inefficaces. Un énorme paquet de mer est venu soudain se déverser dans le bateau, et avant que nous ayons pu ramasser nos provisions, en a endommagé une partie. Mais, grâce à beaucoup d'attention et à une grande prévoyance, nous sommes parvenus à maintenir ces vivres propres à la consommation et à préserver le reste d'une perte semblable.

Ce sujet était extrêmement préoccupant pour nous : privés de nos provisions, l'espoir que nous entretenions quant à notre sauvetage final pouvait soudain se transformer en un complet désespoir. Nos vivres étaient le seul moyen de nous maintenir en forme : d'eux seuls dépendaient et notre santé physique et notre santé mentale. Ce sujet nous mobilisait donc au premier chef et nous inquiétait au plus haut point.

Le lendemain, nous avons pu constater que, pendant la nuit, une partie des provisions du canot du capitaine avaient subi le même sort que les nôtres. Ces deux accidents nous ont permis de prendre conscience, avec encore plus d'acuité, que la confiance en nos facultés était limitée, et ont mis en évidence notre complète dépendance en un soutien divin dont il s'avérait que nous allions avoir le plus grand besoin.

25 novembre

Aucun changement de vent. Nous avons passé une nuit aussi humide et désagréable que celle de la veille. Aux environs de huit heures du matin, nous nous sommes rendu compte que l'eau commençait à pénétrer à grande vitesse dans le canot, et en quelques minutes la quantité avait tant augmenté qu'elle en était arrivée à menacer franchement notre sécurité. Nous avons immédiatement commencé, et de façon méthodique, à regarder dans chaque recoin du canot afin de comprendre où se situait la voie d'eau et, après avoir démonté le plancher du bateau près de la proue, nous avons découvert qu'elle provenait d'une des bordées ou alors de planches extérieures qui s'étaient détachées. Nous ne pouvions nous permettre de perdre du temps à deviser sur la meilleure façon de réparer. La plus grosse difficulté tenait au fait que la fissure se trouvait dans le fond du bateau, six pouces sous la ligne de flottaison. Afin de pouvoir fixer à nouveau les planches, il était donc nécessaire d'avoir un accès par l'extérieur. La fissure se situant sous le vent, nous avons mis à la cape afin de nous présenter sur le bon bord et de mettre ainsi le flanc du canot pratiquement au-dessus de l'eau.

Le capitaine, qui à cet instant se tenait devant nous, et qui avait remarqué que nous avions manœuvré, a réduit sa voilure, a aussitôt viré vent devant et s'est empressé de nous rejoindre. Je l'ai informé de notre situation et il est venu immédiatement à nos côtés pour nous aider.

Après avoir demandé à tout l'équipage de se positionner du même côté du bateau (ainsi l'autre côté sortait très nettement de l'eau), nous sommes parvenus sans trop de problème à enfoncer quelques clous et à sécuriser l'embarcation, bien mieux en somme que nous ne l'avions espéré.

Ce qui n'était en apparence qu'un incident avait révélé des peurs profondes et mystérieuses. Eu égard au fait que nos moyens de nous en sortir dépendaient de la frêle embarcation à laquelle nous nous en étions remis, de sa capacité à résister durant des semaines – car c'était selon toute probabilité, la durée qu'il lui faudrait tenir –, il n'y avait rien d'étonnant à ce que ce petit accident, au-delà d'imprimer fortement nos esprits, ait également douché nos espoirs légitimes de survie et les ait teintés d'une profonde morosité.

Nous avons également réalisé à cette occasion que si nous n'avions eu ces quelques clous, nous n'aurions pu échapper à la destruction ; quelle chance de les avoir sauvés du naufrage, ces clous sans lesquels, très certainement, nous aurions été perdus !

Le même type d'accident était susceptible de se reproduire – et peut-être même pire encore –, dans la mesure où, en raison des coups lents et répétés de la houle, notre progression – bien qu'utile – avait pour conséquence d'augmenter la fragilité de notre embarcation. La perte d'un simple clou sous sa coque signifierait à coup sûr notre fin. Nous nous serions bien passés de ce constat supplémentaire qui ne faisait qu'ajouter de la misère à notre misère.

26 novembre

Nos souffrances, Dieu peut en témoigner, avaient maintenant atteint un degré très élevé, et ce n'est pas sans une extrême appréhension que nous regardions devant nous et que nous envisagions l'avenir sombre et décourageant qui nous attendait. Ce jour-là, le vent et la mer sont un peu tombés, et nous en avons profité pour sécher le pain mouillé la veille. À notre grande joie et pour notre satisfaction, le vent a tourné franchement est-nord-est, nous permettant de tenir un cap bien plus favorable. Ces faits mis à part, aucun détail digne d'intérêt n'a marqué le cours de cette journée.

Le 27 novembre, de la même façon, n'a été marqué par aucun incident notable, sinon que le vent a tourné à nouveau à l'est et qu'il a anéanti le mince espoir que nous avions nourri de progresser de façon significative dans les jours à venir.

28 novembre

Le vent s'est porté encore plus nettement au sud et nous a obligés, bien entendu, à orienter notre course dans cette direction. Il a commencé à souffler avec une telle violence que nous avons été à nouveau contraints à réduire la voilure.

La nuit est tombée, extrêmement noire et orageuse, nourrissant notre peur d'être éventuellement séparés. Cependant, nous sommes parvenus, au prix de grands efforts, à maintenir nos canots à une longueur les uns des autres, afin que leurs voiles blanches restent bien visibles. Le bateau du capitaine n'était qu'à une courte distance à l'arrière du mien, et celui du premier lieutenant à quelques encablures du sien, sous le vent.

Vers onze heures du soir, tandis que je m'étais allongé dans le fond du canot, j'ai soudain été réveillé par un de mes compagnons qui criait que le capitaine était en danger et qu'il appelait au secours. Je me suis immédiatement redressé et j'ai tendu l'oreille un instant, à l'affût d'une parole, quand la voix sonore du capitaine a attiré mon attention.

Il appelait le premier lieutenant dont le canot était plus proche de lui que le mien. J'ai viré en toute hâte, me suis précipité vers lui et lui ai demandé ce qu'il se passait. Il m'a répondu : « J'ai été attaqué par un poisson – je ne sais trop lequel – qui a enfoncé mon canot. »

Selon toute apparence, un gros poisson avait accompagné la baleinière du capitaine sur une courte distance et, soudain, sans qu'il y ait eu la moindre provocation, avait, pour autant que les hommes pouvaient en juger, lancé une attaque contre elle avec ses dents. L'extrême noirceur de la nuit les avait empêchés de déterminer le type de l'animal, mais ils estimaient qu'il mesurait environ douze pieds de long et qu'il s'agissait d'un spécimen de poisson tueur. Après avoir frappé le canot une première fois, il a continué à jouer avec, d'un côté puis de l'autre, comme pour signifier son intention de renouveler l'attaque, et il a fini par frapper une seconde fois l'avant du canot et à fendre son étrave. Ils n'avaient rien d'autre pour se défendre que la livarde (cette longue et mince pièce de bois qui prolonge le point extrême de la voile) avec laquelle – après que le poisson eut renouvelé à plusieurs reprises ses tentatives de destruction du canot – ils ont finalement réussi à le repousser.

J'arrivais au moment précis où l'animal avait cessé ses attaques et où il avait disparu. Il avait provoqué une brèche considérable dans la proue, à travers laquelle l'eau commençait à pénétrer rapidement. Le capitaine, qui imaginait que les problèmes étaient bien pires qu'ils ne l'étaient effectivement, prit immédiatement des mesures pour déplacer les provisions dans le canot du premier lieutenant et dans le mien, afin d'alléger le sien. Grâce à cela et à un écopage ininterrompu, il est parvenu à se maintenir à flot jusqu'à ce que la lumière du jour lui permette de découvrir l'étendue des dommages et de réparer.

5.

La nuit était noire comme l'encre, le ciel bouché, et il nous semblait que le destin implacable nous poursuivait en enchaînant de façon si cruelle tant de catastrophes.

Nous avions toujours cette crainte que, durant la nuit, le poisson renouvelle son attaque sur une de nos embarcations et qu'il nous détruise par surprise.

Mais nos peurs se sont révélées infondées, puisque nous ne l'avons jamais revu.

Quand le jour s'est levé, le vent nous est à nouveau devenu légèrement favorable, et nous nous sommes tous mis à réparer la baleinière endommagée. Nous avons pour cela cloué de minces bandes de bois par l'intérieur. Après avoir replacé les provisions dans le canot du capitaine, nous avons repris notre route.

Nos rations d'eau, qui à l'origine devaient satisfaire nos besoins, étaient maintenant devenues insuffisantes. Nous avons commencé à ressentir une soif violente, liée à la consommation de provisions d'abord mouillées par l'eau salée, puis desséchées par le soleil. Nous avons été obligés de les manger en premier pour éviter de les gâcher, et nous ne pouvions pas – ou plutôt n'osions pas – enfreindre de quelque manière que ce soit nos règles en matière de gestion du stock d'eau. Nous étions déterminés à souffrir aussi longtemps que la patience et l'endurance humaine le permettraient, nous ne pensions qu'au soulagement qui serait le nôtre lorsque nous en aurions fini avec les provisions qui avaient été détrempées.

C'est alors que nous avons commencé à ressentir d'extrêmes souffrances. La privation d'eau est classée à juste titre parmi les supplices les plus terribles qui soient : la violence de la soif dévorante est sans égale dans le catalogue des misères humaines. Notre triste sort nous a conduits à ressentir cette violence dans ce qu'elle avait de plus extrême, et le besoin nous a contraints par la suite à puiser dans les ressources dont nous a dotés la nature. Nous n'étions pas conscients d'emblée des conséquences liées à la consommation de ce pain, et ce n'est qu'après que ses effets fatals se soient manifestés – nous conduisant à un tel niveau de malaise – que nous avons compris la cause de notre soif extrême. Mais hélas, il n'y avait pas de recours ! Que l'on eût été ignorants ou instruits de ces faits, le pain constituait une partie de notre subsistance, et la raison nous imposait absolument sa rapide consommation ; il aurait sinon été entièrement perdu et nous aurait fait défaut.

29 novembre

Nos canots semblaient de jour en jour plus fragiles et de moins en moins appropriés à la situation. Il semblait qu'on embarquait de plus en plus d'eau, et de façon continue, sans que l'on soit en mesure de l'expliquer autrement que par un état de faiblesse général, dû à des causes qui, faute de remède ou de secours, conduiraient à court terme à la destruction totale des canots. Nous n'avons jamais manqué cependant de les réparer ni de les rafistoler, avec nos pauvres moyens, dès que nous découvrions un point faible ou quelque chose de cassé.

Nous avons été entourés ce jour-là par un banc de dauphins ; nous avons essayé, en vain, d'en attraper un à l'aide d'une ligne faite de morceaux de gréements. Nous y avons attaché un des hameçons, auquel était accroché un petit bout de chiffon blanc. Les dauphins n'ont pas mordu le moins du monde à notre piège, et ont continué, pratiquement toute la journée, à jouer autour de nous, se moquant autant de nos misères que de nos efforts.

30 novembre

Ce fut une journée particulièrement belle. Rien de comparable à ce que nous avions vécu depuis que nous avions quitté l'épave n'est venu perturber la météorologie. À treize heures, j'ai proposé à l'équipage de notre canot de tuer une des deux tortues qui nous restaient. Inutile de préciser que la proposition fut accueillie avec un immense enthousiasme ; la faim avait rongé nos estomacs, elle les tenaillait, et nous attendions donc avec impatience de boire le sang chaud qui jaillirait de l'animal. Nous avons allumé un petit feu dans la carapace de la tortue et, après que ceux qui le souhaitaient eurent partagé le sang – dont nous avions obtenu environ un quart de pinte –, nous avons cuit le reste, viscères et autres, et nous nous sommes délectés d'un festin dont je ne saurais exprimer ici la qualité.

À la vue du sang, les estomacs de deux ou trois des nôtres se retournèrent ; ceux-là refusèrent de se joindre à nous. Malgré la soif incroyable qui les tenaillait, ils ne purent se résoudre à y goûter. Je l'ai pris pour ma part comme un remède destiné à soulager l'extrême sécheresse de mon palais, me persuadant que ce n'était, somme toute, rien d'autre que du liquide. Au sortir de ce que je qualifierai, si je puis dire, d'exquis banquet, nos organismes se trouvèrent considérablement revigorés, et j'ai senti alors que mon moral était bien meilleur qu'il ne l'avait été jusque-là.

Par relevé, nous avons pu établir notre position, ce jour-là, à 7° 53' de latitude sud. Notre distance par rapport à l'épave, si tant est que nos calculs nous permettaient d'en juger, était d'environ quatre cent quatre-vingts milles.

1er décembre

Du 1er au 3 décembre, il ne s'est rien passé de notable. Nous avons réussi à maintenir nos canots parfaitement groupés ; le temps fut particulièrement doux et clément. Et nous avions également trouvé un soutien dans la bascule favorable du vent qui s'était orienté au nord-est. Notre situation à cet instant n'était pas aussi inconfortable que nous l'avions estimée en premier lieu. Notre tendance à nous féliciter de façon inconsidérée des bienfaits du vent et du climat nous a fait oublier les fissures, la fragilité de nos bateaux, nos propres faiblesses, l'incommensurable distance qui nous séparait de la terre et la maigreur de nos réserves. Toutes choses qui, quand elles se rappelaient justement à nous – et lorsqu'elles étaient bien évaluées – nous démoralisaient et nous conduisaient à mesurer la misère considérable de notre sort.

Jusqu'au 3 décembre, la soif ardente dont nous souffrions s'est à peine calmée ; elle s'est même légèrement accrue. Si nous n'avions pas ressenti les douleurs qu'elle causait, nous aurions pu profiter durant cette parenthèse de beau temps d'une sorte de moment de plaisir, oubliant momentanément la situation qui était la nôtre.

3 décembre

Nous avons salué avec joie la dernière miette de pain avarié, et avons commencé, ce jour-là, à prendre notre ration de nourriture saine. L'effet plaisant et bénéfique induit par ce changement a été ressenti, au début, de façon si minime qu'il ne nous a apporté aucun plaisir véritable. Mais, progressivement, alors que nous prenions notre petite ration d'eau, l'humidité a commencé à se répandre dans notre bouche et la fièvre qui desséchait notre palais a disparu insensiblement.

Un accident survint alors qui provoqua un bref, mais sérieux, instant de malaise. La nuit était noire et le ciel totalement bouché ; on pouvait donc à peine se voir d'un canot à l'autre. À dix heures environ, celui du premier lieutenant a brusquement manqué à l'appel. J'ai ressenti, pendant un instant, face à cette disparition soudaine, une profonde inquiétude, et après une courte réflexion, j'ai immédiatement mis en panne et attrapé aussi vite que possible une bougie, que j'ai hissée au grand mât dans une lanterne.

Nos regards ont alors fouillé l'océan de tous côtés, à la recherche du canot manquant ; nous avons distingué, à notre grande joie, une lumière à environ un quart de mille sous le vent. Nous nous sommes précipités vers ce point ; c'était bien le canot égaré.

Aussi étrange que cela puisse paraître, l'intérêt supérieur que nous ressentions à rester en compagnie les uns des autres alimentait continuellement nos espoirs et nos peurs – alors même que la répugnance que nous affichions à être séparés trahissait une véritable faiblesse. Il est admis que le malheur plus que toute autre chose nous rapproche d'autrui et qu'il est source de compassion. Ce sentiment était gravé avec tant de force dans nos esprits, et nos destins à tous étaient si intimement liés – même si c'était de façon involontaire –, que si l'un de nos canots avait été détruit et que nous l'ayons perdu complètement, avec ses provisions et ses réserves d'eau, nous nous serions sentis obligés, par tout ce qu'il y avait d'humain en nous, de recueillir les survivants souffrants à bord des autres embarcations, et de partager avec eux notre pain tant qu'il en resterait une miette, et notre eau tant qu'il en resterait une goutte.

Ce cas de figure aurait été très difficile à affronter pour chacun, et même si j'ai beaucoup réfléchi depuis à la question, je ne suis toujours pas en mesure de savoir, au cas où cela se serait produit, à quel point notre sens du devoir nous aurait amenés à orienter de façon si magnanime et altruiste nos sentiments. Mais je ne peux m'exprimer aujourd'hui que sur le souvenir que j'ai de ce que je ressentais à cet instant.

Par la suite, cependant, dans la mesure où notre situation est devenue plus contraignante et désespérée, la discussion sur ce point a pris une autre tournure. Il nous a donc semblé à tous que cette façon de procéder réduirait les chances de certains de s'en sortir, et qu'au final de telles dispositions pourraient nous conduire tous à mourir de faim et de soif. Il n'y avait plus aucun doute : le fait de se séparer immédiatement les uns des autres et de décider que chaque canot tente sa chance de son côté était bien la mesure la plus appropriée qui puisse être prise.

En effet, si nous demeurions ensemble et qu'un accident comme ceux auxquels nous faisions allusion survienne, il n'y aurait alors que deux façons de réagir : soit recueillir les survivants à bord des autres canots, et leur offrir, volontairement, les seules choses qui nous permettaient d'espérer et de croire en nos chances de survie, soit observer sans broncher leur lutte avec la mort et, peut-être même, avec nos armes, les repousser depuis nos canots vers l'océan.

L'espoir d'atteindre la terre était fondé sur un calcul raisonnable de la distance, de nos moyens et de nos vivres, qui étaient, Dieu le sait, assez maigres et bien mal adaptés aux situations critiques et prévisibles de la traversée. À cet égard, toute autre exigence supplémentaire mettrait non seulement en péril l'ensemble du système que nous avions mis en place, mais le détruirait également, et réduirait au plus strict minimum tout espoir de survie – lequel espoir, par conséquent, ne dépendrait plus que de la mort rapide de certains ou de la rencontre fortuite avec quelque autre vaisseau.

Malgré cela, une sorte d'instinct désespéré nous liait tous. Nous n'avons donc pas été capables de réfléchir à cette question raisonnablement ; nous avons finalement continué à nous cramponner les uns aux autres, mus par une pulsion forte et inconsciente. Ce n'était pas une mince affaire, car cela demandait en premier lieu de l'attention et générait une inquiétude permanente. Il nous suffisait en effet, au cours d'une de ces nuits sombres, de détourner les yeux quelques secondes à peine pour qu'aussitôt un des canots disparaisse. Il n'y avait pas d'autre solution alors que de mettre en panne immédiatement et de dresser une lanterne grâce à laquelle le canot égaré pouvait se diriger. Ces choses avaient évidemment des effets néfastes sur notre vitesse et avaient donc réduit nos chances. Mais, tant que ces effets ne se sont pas fait sentir, nous avons préféré nous y soumettre plutôt que de nous priver du réconfort de la présence de l'autre.

Il ne s'est rien passé d'important le 4 décembre.

Le 5, pendant la nuit, en raison de l'obscurité extrême et d'un vent fort, j'ai à nouveau été séparé des autres canots. Constatant que, quelle que soit la direction dans laquelle nous regardions, nous ne distinguions personne, j'ai chargé mon pistolet et j'ai tiré deux fois. Aussitôt après la seconde décharge, les canots sont apparus à une courte distance, au vent.

Nous nous sommes rejoints et avons repris notre route, sans qu'entre le 6 et le 7 décembre aucun événement notoire ne perturbe notre progression. Le vent durant cette période souffla très fort et de façon beaucoup plus défavorable. Nos canots ont continué à fuir et à embarquer beaucoup d'eau par-dessus les plats-bords.

8 décembre

Ce jour-là, dans l'après-midi, le vent s'est établi est-sud-est et a commencé à souffler plus fort que jamais. À minuit, il a forci encore, tournant à la tempête, accompagné de lourdes averses. Ces signes funestes nous ont conduits à nous préparer à notre disparition. Au fur et à mesure que la tempête se renforçait nous avons réduit la voilure, jusqu'au point d'être contraints de tout affaler. Nous nous en sommes remis alors entièrement aux vagues.

La mer et la pluie nous avaient trempés jusqu'aux os. Nous nous sommes assis silencieusement, dans l'attente de notre sort, sombres et résignés. Nous avons fait l'effort de recueillir un peu d'eau fraîche en étalant une des voiles, mais après avoir attendu un bon moment, nous n'avons obtenu qu'une petite quantité dans un seau, au surplus pratiquement aussi chargée en sel que l'eau de mer. Nous avons attribué ce phénomène au fait que la toile avait été si souvent trempée par l'océan, qu'elle avait régulièrement séché au soleil, et que des concrétions de sel s'étaient donc formées à sa surface. Ce fut une nuit cauchemardesque où toute idée de secours était illusoire. Il ne nous restait plus qu'à attendre la fin prochaine avec détermination et résignation.

Les cieux étaient sombres et sinistres, et la noirceur qui s'étalait sur la surface de l'eau était si lugubre qu'on ne peut la décrire. Les bourrasques terribles qui se succédaient étaient précédées d'éclairs tranchants qui paraissaient envelopper de flammes notre petite barque.

La mer s'éleva à des hauteurs inquiétantes et chaque vague qui déferlait nous semblait être la dernière, celle qui nous porterait le coup fatal. On ne peut attribuer qu'à la toute-puissance de la Providence le fait d'avoir survécu aux horreurs de cette terrible nuit. Rien d'autre ne peut expliquer comment les avortons que nous étions face à la puissance terrifiante de la tempête aient pu en ressortir indemnes.

Vers midi, le vent a commencé à mollir légèrement, par intervalles de deux à trois minutes, durant lesquels nous avons pu nous risquer à redresser la tête et à regarder droit devant. Nos embarcations, totalement incontrôlables, avaient été ballottées durant tout l'après-midi et la nuit, sans voile, sans mât ou sans gouvernail, on ne sait où ni jusqu'où.

Dès que la tempête s'est en partie calmée, nous avons fait l'effort de renvoyer un bout de toile et de nous remettre en route dans la direction que nous visions. Mes compagnons n'avaient pas fermé l'œil de la nuit. Ils étaient découragés et brisés, à tel point qu'ils ne semblaient plus en mesure d'accomplir leur devoir, à moins que quelque chose de plus fort que la peur de la mort ne vienne les sortir de leur léthargie. Vers le lever du jour, nous sommes cependant parvenus, au prix de grands efforts, à rétablir un foc et une grand-voile à deux ris, et nous avons commencé alors à progresser de façon acceptable.

Une chance inexplicable avait permis à nos embarcations de rester ensemble durant les épreuves de la nuit. Le soleil s'est levé, dévoilant une fois de plus à chacun d'entre nous les mines inconsolables des autres.

6.

9 décembre

Vers midi ce jour-là, nous avons été en mesure de rétablir toute la voilure, mais la mer continuait à être très forte, ce qui tendait à ouvrir les lignes de couture des canots et à aggraver les voies d'eau de façon alarmante. Il n'y avait tout compte fait d'autre solution que d'écoper en permanence, et cette tâche était devenue maintenant pénible et elle usait les nerfs. Selon nos relevés, nous étions ce jour-là à 17° 40' de latitude sud.

À neuf heures du soir, nous avons, de façon tout à fait inattendue, perdu de vue le bateau du capitaine. Depuis le dernier incident de ce type, nous étions convenus que si le cas se représentait, les autres canots, afin de gagner du temps, ne mettraient plus en panne, mais qu'ils poursuivraient leur route jusqu'à l'aube, afin d'éviter les pertes de temps causées par la multiplication de tels retards. Nous avons cependant décidé à cette occasion de faire un effort qui, s'il ne donnait pas de résultat immédiat – au sens où il ne nous permettait pas de retrouver le canot égaré –, serait interrompu, auquel cas nous remettrions à nouveau les voiles.

Nous avons donc mis en panne pour une heure, et j'en ai profité pour tirer deux coups de pistolet ; n'obtenant du canot aucune réponse en retour, nous avons poursuivi notre route. Quand le jour s'est levé, le canot se trouvait à deux milles de nous, au levant. Dès que nous l'avons aperçu, nous avons filé à sa rencontre, pour nous tenir à nouveau compagnie.

10-17 décembre

J'ai omis de noter que durant les six derniers jours la faim et la soif avaient poursuivi leur travail de sape. Dans la mesure où, depuis que nous avions quitté l'épave, du temps s'était écoulé et, qu'en conséquence, nos provisions s'étaient réduites – rendant la faim chaque jour plus pressante –, la tentation quasi incontrôlable de violer, ne serait-ce qu'une fois, notre résolution et de satisfaire aux désirs violents et naturels était apparue, au détriment de notre souci de préserver nos réserves. Mais un brin de réflexion a suffi à nous convaincre de l'imprudence qu'il y aurait à céder à la faiblesse d'un tel projet, et nous y avons renoncé au prix d'un effort teinté de satisfaction mélancolique.

J'avais sous ma garde, avec le consentement de chacun, l'ensemble des provisions et des réserves d'eau de notre canot, et j'étais déterminé à ce qu'aucune entorse aux règles de consommation ne puisse être faite sans mon consentement. Mon Dieu, non ! Je me sentais en effet tenu, par tout ce que l'idée de devoir sous-tend, et par les injonctions de la raison, de la prudence et de la sagesse – sans lesquelles, vu ma situation, tous les sacrifices auraient été vains –, de les protéger, au péril de ma vie.

J'ai, pour cette raison, mis la totalité des provisions dans mon coffre, et jamais un seul instant, je n'ai fermé les yeux sans qu'une partie de mon corps soit en contact avec le coffre, et sans garder constamment sur moi mon pistolet chargé. Je n'aurais certainement, du moins tant qu'un infime espoir de conciliation entre nous eût subsisté, jamais mis aucune menace à exécution. J'avais décidé, dans le cas où la moindre tendance à la rébellion apparaîtrait (ce que je considérais comme probable vu le tas de malheureux affamés que nous étions), que je diviserais immédiatement nos provisions en parties égales et que je confierais à chacun le soin de veiller sur la sienne. Dès lors, si l'on devait passer outre les ordres – que j'aurais à imposer en fonction des circonstances – j'étais résolu à en tirer les conséquences, fussent-elles fatales. Mais chacun des hommes à bord faisait preuve d'une attitude si droite et d'un comportement si obéissant que je n'eus jamais la moindre occasion de montrer ce qu'aurait été ma conduite en de telles circonstances.

Ce jour-là, tandis que nous poursuivions notre route nous avons traversé un petit banc de poissons volants ; quatre d'entre eux, en voulant nous éviter, ont atterri dans notre grand-voile et sont retombés dans notre canot. L'un d'eux étant tombé près de moi, je l'ai ramassé et l'ai dévoré avec avidité. Les trois autres ont immédiatement été attrapés par le reste de l'équipage pour être avalés vivants. En voyant les efforts dérisoires et quasi désespérés de mes cinq compagnons, qui cherchaient tous à se saisir d'un poisson, j'ai pour la première fois eu envie de rire. Ces spécimens étaient minuscules, mais constituaient – avec les écailles, les ailes et tout le reste – des encas exquis pour des estomacs criant famine comme les nôtres.

Du 11 au 13 décembre inclus, nos progrès ont été très lents, en raison des vents légers et du calme plat. Rien ne s'est produit à aucun moment, sinon le 11 : ce jour-là, nous avons tué la dernière tortue qui nous restait et nous avons profité d'un repas de gala qui a revigoré nos corps et ranimé nos esprits. Le temps était très chaud. Nous étions exposés à la toute-puissance du soleil au méridien, sans rien pour nous protéger de ses brûlures et sans que la moindre brise d'air vienne atténuer la force de ses rayons desséchants.

Le 13 de ce mois de décembre, nous avons bénéficié d'un changement de vent qui, en passant au nord, nous a soulagés de la plus heureuse et de la plus inespérée des façons. Alors, et pour la première fois, nous avons senti que nous pouvions raisonnablement avoir un maigre espoir d'être sauvés. Le cœur bondissant et la poitrine gonflée de joie, nous avons fait voile vers l'est. Nous avons supposé que nous allions sortir au plus vite des alizés, attraper les vents variables, et que nous devrions, sans doute, atteindre la terre bien plus tôt que nous ne l'avions escompté.

Mais, hélas, nos prévisions n'étaient qu'un rêve, que nous avons très vite abandonné, et le réveil fut cruel. Le vent a molli graduellement et, à la nuit tombante, un calme plat a suivi ; ce fut d'autant plus oppressant et décourageant que nous avions nourri de brillants espoirs durant le jour. Aux sombres pensées que cette mauvaise fortune avait fait naître en ont succédé d'autres, non moins cruelles et décourageantes quand, les 14, 15 et 16 décembre inclus, il a fallu affronter un calme plat continu.

L'abattement extrême dû au climat, l'anéantissement soudain et inattendu de nos espoirs et le choc psychologique qui s'est ensuivi, tout cela nous a laissés hébétés et a empli nos âmes de sombres pressentiments et de mélancolie. Face à ces événements, et constatant que nous n'avions aucune solution, sinon d'user au mieux des moyens humains en notre possession, j'ai proposé, le 14 décembre, de réduire de moitié nos rations. Il n'y eut aucune objection. Tout le monde accepta ce plan ou feignit de l'accepter avec un courage et une dignité admirables. Nous disposions de moins d'eau que de pain, mais dans la mesure où la chaleur continuait à être aussi étouffante, nous n'avons pas jugé prudent de diminuer nos maigres rations d'eau. Cela était à peine envisageable, sauf à faire abstraction de nos besoins. La soif était maintenant devenue constante et plus intolérable que la faim, et la quantité d'eau que nous nous étions autorisés à consommer était à peine suffisante pour maintenir notre bouche humide, ne serait-ce même qu'un tiers du temps. « Patience et endurance à toute épreuve » : tel était le refrain qui revenait sans cesse à nos lèvres. Tant que nos âmes nous en donnaient la force nécessaire, tant qu'il nous restait de l'espoir et un souffle de vie, nous étions déterminés à nous cramponner à l'existence.

Les expédients pour soulager la brûlure atroce accompagnant la soif – comme d'absorber de l'eau de mer et d'en maintenir une petite quantité dans la bouche – étaient vains. En agissant ainsi, la soif était à ce point avivée qu'elle nous conduisait à chercher un remède désespéré – et illusoire – dans la consommation de notre propre urine.

Nos souffrances durant ces jours de calme plat ont quasiment dépassé l'entendement. Les rayons brûlants du soleil nous frappaient si fort qu'ils nous obligeaient à nous suspendre dans l'eau, par-dessus les plats-bords, afin de rafraîchir nos corps faibles et défaillants. Cet expédient nous apportait, malgré tout, un précieux soulagement, et ce fut pour nous l'occasion de faire une découverte d'une extrême importance. À peine penché au-dessus du plat-bord, l'un de nous a remarqué que le fond du bateau était recouvert d'une espèce de petit coquillage, qui s'est avéré, une fois qu'il l'eut goûté, être un mets des plus délicieux et des plus agréables. Dès qu'il nous eut fait part de sa découverte, nous avons commencé à détacher ces coquillages et, en quelques minutes, nous les avons avalés comme une bande de gloutons.

Après avoir satisfait le besoin immédiat de notre estomac, nous en avons ramassé de grandes quantités et les avons déposés dans le canot, mais, moins d'une demi-heure plus tard, la faim a refait son apparition, et il ne fallut guère plus de temps pour que tous les coquillages disparaissent. Au moment de nous remettre à l'eau, nous avons estimé que nous étions si faibles que nous avions besoin de nous entraider. Et il est vrai que si trois d'entre nous – ceux qui ne savaient pas nager et qui de ce fait n'avaient pas plongé – n'étaient restés à bord, je ne sais comment nous aurions été capables de reprendre place dans le canot.

Le 15, notre baleinière a continué à se remplir si vite, du fait des mauvaises fissures, que nous avons décidé, profitant du temps qui restait bien calme, de repérer les endroits endommagés et d'essayer de les réparer du mieux possible. Après un examen sérieux et après avoir retiré les vaigres d'avant, nous avons compris que la principale voie d'eau était due à la perte d'une planche dans le fond du canot, à côté de la quille. Pour y remédier, il nous est donc apparu absolument nécessaire d'avoir accès au fond, alors même que les moyens d'y parvenir ne nous venaient pas immédiatement à l'esprit. Cependant, après un moment de réflexion, un des matelots, Benjamin Lawrence, a proposé de se nouer une corde autour du corps, de prendre une hachette et de plonger avec elle. Il a suggéré de maintenir la hachette contre un clou – pour frapper le clou depuis l'intérieur – afin de le river. Nous avons donc agi ainsi, sans rencontrer trop de difficultés, et le résultat a répondu à nos attentes au-delà de nos espérances.

Notre latitude, en cette journée du 15, était de 21° 42' sud. Le temps, resté oppressant toute la journée du 16, nous a accablés physiquement et moralement, et de façon particulièrement intense. Ce temps nous a entraînés dans une sorte d'excitation très désagréable, qui, en venant s'ajouter au découragement causé par la persistance du calme plat, nous a poussés à en appeler haut et fort à quelque force supérieure susceptible de nous apaiser et d'apporter une forme quelconque de répit à nos souffrances prolongées. Pour couronner le tout, nos relevés nous ont appris ce jour-là que, du fait de la houle, nous avions clairement reculé, sur une distance de dix milles – et que rien ne laissait présager le moindre espoir de vent.

Étant donné la situation très pénible dans laquelle nous nous trouvions, le capitaine a proposé que nous commencions à ramer, et, avec l'assentiment de tous, nous avons décidé aussitôt que nous prendrions une double ration de nourriture et d'eau pendant la journée, et que nous ramerions, jusqu'à toucher une brise, d'où qu'elle vienne.

La nuit tombée nous avons donc entamé nos laborieuses opérations.

Notre progression n'a été qu'infime et misérable. La faim, la soif et la longue inactivité nous avaient tant affaiblis qu'en trois heures de temps, nous étions épuisés, et que nous avons abandonné ce plan. Le jour suivant, le 17, à l'aube, une légère brise s'est levée au sud-est, et bien qu'elle vînt directement de face, elle a été accueillie avec un sentiment d'excitation où se mêlaient gratitude et joie.

18 décembre

Le vent ce jour-là a forci considérablement. À midi, il s'est transformé en grain, virant du sud-est à l'est-sud-est. Nous avons donc été à nouveau contraints d'affaler la toile et de tenir la cape pendant la majeure partie de la journée. Cependant, à la nuit, la tempête s'est calmée.

Le jour suivant, le 19, le temps est devenu très paisible et très agréable et nous avons à nouveau recommencé à progresser un peu.

7.

20 décembre

Ce fut un jour de grand bonheur et de grande joie. Après avoir vécu, si l'on se réfère au catalogue de toutes nos souffrances, une des nuits les plus pénibles qui soient, nous nous sommes réveillés par une matinée qui, comparée aux autres, était marquée du sceau du luxe et du plaisir.

Aux environs de sept heures, alors que nous étions assis dans nos canots, démoralisés, silencieux et abattus, un de nos compagnons, soudain, a hurlé : « Terre ! »

En un instant, nous étions tous debout, comme électrisés ; nous avons dirigé nos regards sous le vent, et elle était effectivement là, cette île, divine vision, aussi nette et palpable qu'espérée.

Un élan nouveau et extraordinaire nous a alors animés. Nous nous sommes défaits de la léthargie qui paralysait nos sens et nous avons cru renaître. Un ou deux de mes compagnons – ceux dont les esprits à la dérive et les corps épuisés avaient fini par conduire à une indifférence totale à leur propre sort – ont manifesté à ce moment-là, avec un empressement surprenant, empreint de gravité, leur souhait de gagner sans délai cette côte.

Nous avons aperçu d'abord une longue plage blanche qui s'étalait devant nos yeux pleins d'envie, tel un paradis délicieux. Les autres embarcations l'ont découverte au même instant ; nous avons alors explosé de joie et nous nous sommes congratulés. Ce que nos cœurs ont ressenti à cette occasion dépasse l'entendement. L'espoir, la peur, la gratitude, la surprise et l'allégresse se sont succédé dans nos esprits et ont démultiplié nos forces.

Nous nous sommes précipités vers la plage ; à onze heures, nous étions à moins d'un quart de mille de la côte. Il s'agissait, selon toute apparence, d'une île d'environ dix kilomètres de long et cinq de large, avec un rivage très haut et très accidenté, cerné par les rochers. Les versants des collines étaient nus, mais les sommets semblaient verts et frais, du fait de la végétation. L'examen de nos manuels de navigation nous a permis de conclure qu'il s'agissait de l'île Ducie, située à 24° 48' de latitude sud et à 124° 40' de longitude ouest.

Un court instant nous a suffi pour réfléchir et prendre nos dispositions afin de toucher terre. Aucun de nous ne savait si l'île était habitée ou non, ni ce qu'elle offrait... Si elle se révélait habitée, serait-ce par des bêtes ou des sauvages ? Le fait de nous interroger sur les dangers que nous étions susceptibles de rencontrer en agissant sans aucune précaution ni attention dignes de ce nom provoqua un moment de flottement. La faim et la soif, toutefois, nous ont vite poussés à agir, et après avoir pris un mousquet et des pistolets, j'ai mis pied à terre avec trois autres hommes, en passant sur des rochers qui affleuraient, pour atteindre la rive. Lorsque nous sommes arrivés sur la plage, il nous a fallu reprendre notre souffle et nous allonger quelques instants, car nous avions avant tout besoin de reposer nos corps affaiblis. Laissons maintenant le lecteur imaginer, s'il en est capable, ce que nous avons pu ressentir à cet instant, et s'il y parvient, il n'aura qu'une vague idée de la joie que nous avons éprouvée. Après avoir été privés, durant plus de trente jours de souffrances épouvantables, de tout espoir tangible de survie – alors que nos corps décharnés avaient été réduits par la faim et la soif à de simples squelettes et que vous avions vu la mort en face –, nous étions soudain, et de façon tout à fait inespérée, conviés à un festin, riche en nourriture et en breuvage, un festin dont nous allions, par la suite, et à notre plus grande satisfaction, pouvoir profiter plusieurs jours.

Au bout de quelques minutes, nous nous sommes séparés et nous avons emprunté des directions différentes, à la recherche d'eau douce – parce que l'eau avait été notre principale privation et parce que notre soif demandait à être assouvie immédiatement. Je n'étais pas allé bien loin, lorsque j'ai découvert un poisson d'environ un pied et demi de long qui nageait en bordure du littoral. J'ai commencé à l'attaquer avec la crosse de mon revolver et je pense l'avoir touché une fois. Il s'est mis à l'abri sous un petit rocher, près de la rive. Je l'ai délogé avec l'aide de la baguette de nettoyage du canon. Je l'ai ramené sur la plage et me suis jeté sur lui pour le dévorer. Mes compagnons se sont joints rapidement au festin, et en moins de dix minutes nous l'avions mangé intégralement : arêtes, peau, écaille, et tout le reste.

Nous avons supposé que nous pourrions, une fois l'estomac plein, atteindre les hauteurs ; c'est là, bien plus que partout ailleurs sur l'île, que nous estimions avoir le plus de chances de découvrir de l'eau. J'ai donc grimpé à grand-peine, j'ai souffert dans les buissons, dans un sous-bois sous un rocher escarpé, butant contre les racines, cherchant dans toutes les directions, mais en vain, un signe quelconque de présence d'eau. Il n'y avait, à la hauteur où j'avais grimpé, pas le moindre signe d'humidité – mais mes forces ne m'avaient pas permis en vérité d'aller au-delà de vingt pieds. Arrivé à cette hauteur, je me suis assis pour reprendre mon souffle, et alors que je ruminais mon échec, et nos malheurs à venir et nos souffrances (qui inévitablement perdureraient), j'ai réalisé que la marée était considérablement montée depuis que nous avions accosté. Elle menaçait de nous couper toute retraite depuis les rochers – et par là même notre seul accès aux canots. J'ai décidé en conséquence de rejoindre le rivage pour informer le capitaine et les autres de notre incapacité à nous procurer de l'eau et afin de nous demander s'il était judicieux de demeurer plus longtemps sur l'île. Je n'ai jamais perdu de vue un seul instant que notre principal atout restait, selon moi, soit de rejoindre la côte soit de rencontrer un navire en mer. Et j'avais le sentiment que chaque minute de plus, que nous passions ici, sans aucune compensation, amoindrissait nos chances, puisque nous continuions à épuiser nos moyens de subsistance.

Une fois en bas, un de mes compagnons m'a informé qu'il avait trouvé, à quelque distance de là, un endroit dans un rocher, d'où suintaient, toutes les cinq minutes environ, des gouttes d'eau. Il avait pu, en appliquant les lèvres sur le rocher, en absorber quelques-unes, ce qui n'avait fait qu'exacerber son envie sans lui permettre d'en tirer le moindre plaisir. Sur la foi de cette information, j'ai immédiatement suggéré que l'on attende jusqu'au lendemain, et que l'on mette à profit cette journée pour tenter d'approfondir notre recherche, notamment en dégageant le rocher avec nos hachettes, dans l'idée d'augmenter si possible le débit de l'eau.

Nous sommes à nouveau retournés à nos bateaux. Là, il s'est avéré que le capitaine avait le même sentiment que moi quant à l'utilité de reporter notre décision jusqu'au matin. Nous avons donc mis pied à terre, et après avoir tiré nos canots sur la plage, nous nous sommes allongés pour la nuit. Libérés des angoisses liées à la surveillance et aux corvées, nous nous sommes abandonnés, malgré les souffrances causées par la faim et la soif, à un repos sans réserves et à une paix de l'esprit qui semblaient en parfait accord avec les agréables moments que cette journée nous avait laissé entrevoir.

Le jour cependant se leva vite. Le bon sens, les sensations qui étaient les miennes, ainsi que la faim qui me rongeait et la fièvre ardente due à la soif m'ont amené à redoubler de volonté et d'efforts pour explorer l'île à nouveau. En traversant, cette nuit-là, la grève, sur une longue distance, nous avons récupéré quelques crabes et quelques rares petits poissons. Mais nous avons patienté jusqu'au lendemain pour entamer les tâches pour lesquelles nous estimions qu'une nuit de repos complet et revigorant serait nécessaire.

21 décembre

Nous avions conservé nos rations, mais elles étaient totalement inadaptées, en ce sens qu'elles ne satisfaisaient pas les besoins douloureux de nos palais. La soif, si forte et si déchirante, en était pratiquement venue à nous priver de la parole. Nos lèvres craquelaient et gonflaient, et une salive gluante, dégoûtante et proprement insupportable – à un point que l'on ne peut même imaginer – collait nos bouches. Nous n'avions plus que la peau sur les os, et nos corps étaient si chétifs que nous avions souvent besoin de nous aider les uns les autres pour qu'ils remplissent leurs plus modestes fonctions. Nous sentions qu'il nous fallait maintenant et au plus vite du secours, faute de quoi nous disparaîtrions. Pour le partage des provisions, la plus grande discipline fut maintenue, et notre unique objectif à partir de cet instant a été – dans la mesure où, sur l'île, nous ne parvenions pas à reconstituer nos réserves – de réussir, d'une façon ou d'une autre, à nous refaire suffisamment pour pouvoir poursuivre notre voyage.

Au matin, par conséquent, nous sommes repartis en quête d'eau. Nous avons pris des directions différentes, et chacun d'entre nous a examiné avec soin chaque endroit où il y avait ne serait-ce qu'un minuscule indice. Les petites feuilles d'un bosquet nous ont apporté, lorsque nous les mâchions, un soulagement passager et, n'eût été leur goût particulièrement amer, ces feuilles auraient pu constituer un heureux substitut. Lors de ces excursions, nous avons également croisé, de temps à autre, des oiseaux tropicaux à la silhouette et au plumage élégants. Ils nichaient dans d'étroites cavités à flanc de colline, d'où, sans la moindre difficulté, nous les avons délogés. À notre approche, ils n'essayaient pas de s'envoler et ne semblaient même pas remarquer notre présence. Ces oiseaux nous fournirent un excellent repas. Nous en avons attrapé plusieurs dans le courant de la journée, nous les avons rôtis sur le feu que nous avions allumé sur la grève et les avons mangés avec le plus grand appétit.

Nous avons également découvert une plante, dont le goût s'apparentait à celui de la passerage ou de la moutarde, qui poussait dans les anfractuosités des rochers, et qui s'est révélée être une nourriture très agréable quand on la mâchait avec la chair des oiseaux. Ces plantes, et les quelques nids d'oiseaux trouvés ce jour-là au cours de notre recherche – certains pleins d'oisillons et d'autres d'œufs – ont fait office de repas et ont remplacé le pain. Car, durant notre séjour sur l'île, nous avions choisi d'en restreindre la consommation.

Mais, pour ce qui est de l'eau, grand sujet d'inquiétude et objet de tous nos efforts, il n'y en avait nulle part, et nous avons commencé à désespérer d'en trouver. Notre état de faiblesse extrême – et le fait que beaucoup d'entre nous n'aient ni chaussures ni aucune autre protection pour les pieds – ne nous a pas permis de pousser l'exploration plus avant ; nous avions peur qu'une soudaine fatigue ou que notre état d'épuisement nous empêchent de revenir sur nos pas, et nous craignions d'être exposés pendant la nuit aux attaques des bêtes sauvages susceptibles d'habiter l'île. Au-delà de la faible assistance que nous étions en mesure de nous apporter les uns les autres, nous étions tous, et de la même manière, incapables de résister.

La journée entière fut consacrée à cueillir tout ce qui ressemblait à un aliment comestible. Une nouvelle nuit de souffrance nous attendait, que nous allions devoir passer sans une goutte d'eau pour rafraîchir nos langues desséchées. C'est pourquoi nous n'étions pas disposés à demeurer plus longtemps en ce lieu. Une journée, une heure perdues ici inutilement pouvaient nous coûter la vie. Alors que nous avions atteint le dernier stade de l'épuisement, une simple goutte d'eau nous permettait de mesurer à sa juste valeur le véritable prix de la vie. J'ai fait part de ces quelques réflexions au capitaine, qui est convenu avec moi de la nécessité de prendre, face à ce dilemme, des décisions radicales. Après une très longue discussion sur le sujet, nous avons finalement décidé que nous passerions la journée suivante à chercher encore de l'eau, et que si nous n'en trouvions pas, nous quitterions l'île le matin qui suivrait.

22 décembre

Nous avons passé la dernière nuit à diverses occupations, chacun à son gré et selon ses envies. D'aucuns ont continué à errer sur la grève – ou pas trop loin sur les hauteurs – toujours à la recherche de nourriture et d'eau ; d'aucuns ont traîné sur la plage, au bord de l'eau, cherchant à attraper les petits poissons qui s'approchaient d'eux ; d'aucuns ont dormi, insensibles à tout sinon au repos ; tandis que d'autres passaient la nuit à parler de leur situation et à réfléchir aux chances de s'en sortir.

L'aube nous a renvoyés à nouveau à nos travaux, et chacun de nous a suivi son penchant, comme, par exemple, de repartir sur l'île à la recherche d'eau.

Mon principal espoir reposait sur le fait de réussir à gratter le rocher sur lequel nous avions repéré de l'humidité deux jours auparavant, et c'est là, dès que mes forces m'ont permis de le faire, que je me suis précipité. L'endroit se situait à environ quatre cents mètres de ce que j'appellerais notre campement. J'ai engagé le travail – avec deux hommes qui m'avaient accompagné – à l'aide d'une hachette et d'un vieux ciseau.

La roche s'est révélée particulièrement tendre, et en peu de temps j'ai réussi à creuser un trou important, mais hélas sans le moindre résultat. J'ai fixé le trou un instant, très inquiet, espérant, parce que je l'avais agrandi, que l'eau jaillirait à présent, mais tous mes espoirs et mes efforts ont été vains. J'ai finalement renoncé à poursuivre ce travail et je me suis assis près du rocher, en proie au plus profond désespoir.

Tandis que je regardais vers la plage, j'ai aperçu des hommes en train de porter un petit baril provenant du bateau, et qui manifestaient en apparence une volonté et une ardeur inhabituelles. L'idée m'a alors traversé l'esprit qu'ils avaient découvert de l'eau et qu'ils avaient pris le baril pour le remplir. J'ai aussitôt quitté mon poste et me suis dirigé vers eux, le cœur battant. Avant même que je les rejoigne, ils m'ont annoncé la bonne nouvelle : ils avaient localisé une source. Mon envie alors fut de tomber à genoux et de remercier Dieu pour cette action, pour cette manifestation de sa bonté. L'impression que j'ai ressentie était telle – si étrange en fait – que je ne pourrai jamais l'oublier. J'ai eu un moment le sentiment que l'excès de joie était à deux doigts de me faire suffoquer, et j'ai ressenti tout aussitôt le besoin de pleurer à chaudes larmes.

Je me suis précipité, aussi vite que mes faibles jambes me le permettaient, et, en arrivant sur place, j'ai compris que mes compagnons avaient bu tout leur soûl. J'ai moi-même alors – faisant preuve d'une extrême patience – satisfait à mon envie, en buvant petites quantités par petites quantités, en respectant des intervalles de deux à trois minutes. En dépit des conseils de prudence et, dans certains cas, malgré la contrainte, la plupart des hommes se sont couchés et ont englouti inconsidérément de grosses quantités d'eau, jusqu'à ne plus pouvoir en avaler une seule goutte. Les conséquences de tout cela ne furent cependant ni si soudaines ni si mauvaises qu'on l'imagine. Cela ne fit que les assommer et les ramollir pour le reste de la journée.

8.

En constatant d'où venait ce secours providentiel et inattendu, nous avons été aussi stupéfaits que ravis. La source se situait sur la grève ; la mer la recouvrait d'environ six pieds à marée haute, et nous n'étions en mesure d'en extraire l'eau qu'à marée basse. La brèche d'où jaillissait cette source se trouvait dans un rocher plat. Avant que la marée ne monte, nous avons rempli deux barils et nous sommes retournés à nos canots. Nous avons passé le reste de la journée à chercher du poisson, des crabes, des oiseaux, et tout ce qui, selon nous, pouvait contribuer à calmer notre faim.

Cette nuit-là, nous avons joui du plus confortable et du plus délicieux des sommeils ; il ne fut pas perturbé par ces envies irrésistibles, causées par la faim et la soif, qui avaient empoisonné notre repos durant tant de nuits. Dans la mesure où nous avions découvert de l'eau, nous avons commencé à envisager la situation sous un jour différent. Il ne faisait aucun doute que nous pourrions compter sur une quantité d'eau suffisante et constante, aussi longtemps que nous choisirions de demeurer ici. Et, selon toute probabilité, nous allions réussir à nous organiser pour nous procurer de la nourriture jusqu'à ce que l'île soit visitée par un vaisseau ou jusqu'à ce que, le temps passant, nous soyons en mesure d'échafauder d'autres plans pour partir. Nous étions toujours en possession de nos canots : un séjour prolongé ici pouvait nous permettre de les réparer, de les renforcer et d'améliorer leur état en vue de reprendre la mer, il nous offrait aussi la possibilité de nous mobiliser et de nous préparer, mieux que nous ne l'avions fait jusque-là, à supporter un voyage prolongé vers le continent.

J'avais pris, en mon for intérieur et sans en faire part à qui que ce soit, cette résolution de mener moi-même à bien un tel plan, sans tenir compte de l'opinion des autres, mais je n'ai finalement constaté sur ce point aucune divergence avec quiconque. Nous avons donc décidé de nous attarder au moins quatre ou cinq jours de plus. Ce laps de temps devait être suffisant pour se demander s'il était sage ou non de se préparer à nous installer ici plus longtemps.

23 décembre

À onze heures, nous nous sommes rendus à nouveau à la source. La marée était descendue d'environ un pied en dessous d'elle, et nous avons pu nous procurer, avant qu'elle ne remonte, environ vingt gallons d'eau. Au début, elle était un peu saumâtre, mais bientôt, parce qu'elle sortait de façon continue et parce que la mer se retirait, elle devint douce. Les observations que nous avons pu faire ce matin-là nous ont amenés à être confiants, tant du point de vue de sa quantité que de sa qualité. Nous étions donc totalement sereins de ce côté-là, et nous avons été en mesure de poursuivre nos recherches sur l'île.

Chacun s'est mis à chercher de quoi subvenir à ses propres besoins pour la journée, selon ce que la côte, la mer ou les sommets pouvaient lui procurer. Chaque instant de chacune des journées que nous avons passées sur l'île fut donc consacrée à dénicher de la nourriture. Le 24, cependant, nous avons réalisé que nous avions ramassé tout ce qui était susceptible de nous sustenter. Et, à notre grande surprise, certains sont arrivés ce soir-là en se plaignant de n'avoir pas réussi à en trouver assez pour faire taire les besoins criants de leur estomac.

Nous avions d'ores et déjà pillé les moindres recoins de la montagne attenante – ou du moins à notre portée, vu nos faibles forces –, et les avions dépouillés de leurs nids d'oiseaux et de leurs plantes comestibles ; aussi commencions-nous à nourrir de sérieux doutes quant à nos capacités à demeurer plus longtemps ici. Au cas où les circonstances nous imposeraient de quitter l'île, et afin de nous préparer au mieux à cette éventualité, nous avons commencé, le 24, à réparer nos canots.

Nous nous y sommes attelés la journée entière ainsi que le jour suivant. Il nous était plus facile de tirer les canots sur la plage et de les retourner, en travaillant par tranches de deux à trois heures et en nous arrêtant pour chercher de la nourriture. Chaque jour, quand à marée basse la plage se découvrait, nous nous procurions de l'eau, mais l'après-midi du 25, notre vaine recherche de nourriture ne nous a pas permis de nous remettre du travail fourni tout au long de la journée. Il n'y avait plus qu'une seule chose sur l'île sur laquelle nous pouvions réellement compter, c'était la moutarde. S'en procurer était dangereux, et cette herbe n'était pas très agréable à consommer sans rien pour l'accompagner. Notre situation ici devenait en conséquence pire que si nous avions été en mer, dans nos canots. Car en effet, et si tant est qu'il nous soit resté des provisions, nous aurions continué alors à nous diriger vers le continent ; et nos chances de tomber sur un autre navire auraient été bien plus grandes. À moins d'avoir les plus solides garanties et convictions de pouvoir manger de façon régulière et suffisamment, il apparaissait clairement que nous ne devions pas rester ici. Après en avoir beaucoup discuté entre nous et après avoir examiné nos manuels de navigation, nous avons finalement décidé de rallier l'île de Pâques, que nous avons estimé être à l'est-sud-est de notre position, par 27° 9' de latitude sud et 109° 35' de longitude ouest. Tout ce que nous savions de cette île tenait à sa position telle qu'elle était mentionnée dans les manuels. De son étendue, de ses ressources, de ses habitants – à supposer qu'il y en ait – nous ne savions absolument rien. Elle se trouvait quoi qu'il en soit à quelque huit cent cinquante milles de la côte, et ses ressources ne pouvaient pas être moindres que celles de l'île que nous étions sur le point de quitter.

Le 26 décembre a été entièrement consacré à la préparation de notre départ. Nous avons hissé nos canots jusqu'aux abords de la source et nous avons rempli nos tonneaux et tout ce qui pouvait contenir de l'eau.

Nous avons eu, avec trois de nos compagnons, une importante conversation qui portait sur leur intention de s'installer sur cette île, et sur les chances qui étaient les leurs de survivre en y demeurant ou en la fuyant. Quand le moment de s'en aller est arrivé, ils se sont décidés à rester. Les autres membres de l'équipage ne pouvaient guère s'opposer à leur plan, car cela diminuait la charge de nos bateaux et nous permettait de nous partager leurs parts. Ils avaient, qui plus est, plus de chances de parvenir à se nourrir sur l'île (où ils seraient désormais moins nombreux) que nous n'en avions de rejoindre le continent. Malgré cela, si nous parvenions à atteindre notre but sains et saufs, il serait de notre devoir – et nous leur en avons donné notre parole – d'informer qui de droit de leur situation et de mettre tout en œuvre pour leur permettre d'assurer leur sauvetage.

Leurs noms étaient William Wright de Barnstable, Massachusetts, Thomas Chapple de Plymouth, Angleterre, et Seth Weeks, lui aussi de Plymouth. Ils avaient déjà commencé, avant notre départ, à construire une sorte d'abri, avec des branches d'arbres. Nous leur avons laissé toutes les bricoles dont nous n'aurions pas besoin à bord. Leur intention, dans la mesure où ils avaient le temps et le matériel nécessaires, était de construire une habitation conséquente, susceptible de les protéger de la pluie.

Le capitaine a rédigé des lettres qu'il entendait laisser sur l'île. Il y donnait des informations sur le sort du navire et de l'équipage et y expliquait notre décision de partir pour rejoindre l'île de Pâques. Il y a ajouté d'autres détails dans l'idée de témoigner de notre infortune, au cas où nos trois compagnons souffrants viendraient à mourir et, qu'un jour, l'endroit soit visité par quelque vaisseau. Les lettres furent déposées dans une boîte en étain, qui fut enfermée dans une petite caisse en bois, puis clouée à un arbre sur la côte ouest de l'île près de l'endroit où nous avions débarqué. Nous avions remarqué, quelques jours auparavant, le nom d'un navire, l'*Elizabeth*, gravé dans l'écorce d'un arbre, ce qui prouvait indubitablement qu'un vaisseau de ce nom avait ici touché terre. Il n'y avait, cependant, ni date ni autre détail susceptibles de fournir quelque indication.

27 décembre

Avant que nous levions les voiles, ce matin-là, je suis allé chercher pour chaque embarcation une pierre plate et deux brassées de bois : nous serions ainsi à même de faire du feu à bord si cela se révélait nécessaire au cours de la traversée. Nous pensions être capables d'attraper du poisson ou des oiseaux, et nous devions, si tel était le cas, avoir les moyens de les cuire. Nous savions qu'autrement, nous ne pourrions, en raison de la chaleur intense, éviter qu'ils se perdent.

Vers dix heures, la marée était assez haute pour permettre à nos bateaux de flotter au-dessus des rochers. Nous avons mis toutes voiles dehors et nous avons fait le tour de l'île afin d'effectuer une dernière observation. Cela ne devait guère prendre de temps et pouvait nous procurer quelque heureuse surprise.

Au moment de partir, nos trois compagnons manquaient à l'appel, et nous avons compris qu'ils ne descendraient pas ; ni pour nous aider ni pour nous faire des adieux, sous quelque forme que ce soit. J'ai marché sur la plage en direction de leur habitation de fortune, et leur ai annoncé que nous étions sur le point de partir et que nous ne nous reverrions probablement plus jamais.

Ils semblaient très affectés, et l'un d'eux a versé des larmes. Ils ont manifesté le souhait, si la Providence nous ramenait sains et saufs chez nous, que nous écrivions à leurs proches, mais n'en dirent guère plus. Ils semblaient très confiants de trouver sur l'île, tant qu'ils y demeureraient, de quoi subsister. Comme la séparation semblait leur briser le cœur et que je les voyais peu enclins à prendre part à une quelconque forme d'adieu, je leur ai rapidement dit au revoir ; j'ai émis des vœux pour qu'ils se portent bien, et je suis parti. Ils m'ont suivi du regard jusqu'à ce que je sois hors de vue, et je ne les ai jamais revus.

Au nord-ouest de l'île, nous avons repéré une fine plage blanche sur laquelle nous avons pensé que nous pourrions accoster, pour un court instant, histoire de vérifier s'il était possible d'y faire quelque découverte utile ou dénicher quoi que ce soit susceptible de venir grossir notre stock de provisions. Cinq ou six hommes ont donc, dans ce but, mis pied à terre, et le reste de l'équipage a quitté les canots et a commencé à pêcher. Nous avons vu des requins, en nombre, mais tous nos efforts pour les attraper sont demeurés vains, et nous avons dû nous contenter d'un petit poisson de la taille d'un maquereau. Nous l'avons partagé entre nous. Nous avons été occupés à cela jusqu'à six heures du soir, heure à laquelle les hommes sont revenus de la plage et de leurs recherches sur les hauteurs, ramenant avec eux quelques oiseaux.

Nous avons à nouveau mis les voiles, en pointant directement vers l'île de Pâques.

Durant la nuit, après nous être dégagés de la terre ferme, nous avons bénéficié d'une forte brise du nord-ouest. Nous avons fait un feu, cuit nos poissons et nos oiseaux, et profité d'une situation qui nous paraissait des plus confortables. Nous avons poursuivi notre route en consommant nos provisions et notre eau avec autant de parcimonie que possible, sans qu'aucun incident matériel nous perturbe, et ce jusqu'au 30 décembre, date à laquelle le vent virant est-sud-est, nous nous sommes retrouvés vent debout. Il s'est fixé ainsi jusqu'au 31 décembre, date à laquelle il est repassé au nord. Nous avons pu alors reprendre notre route.

Le 3 janvier, nous avons affronté de grosses bourrasques d'ouest-sud-ouest, accompagnées de coups de tonnerre terrifiants et d'éclairs qui donnaient un aspect lugubre et déprimant à l'océan, et qui nous replongeaient dans ces moments de découragement que nous avions connus auparavant. Passé l'île Ducie, nous avons commencé à estimer régulièrement notre position et, selon nos calculs, le 4 janvier nous nous trouvions au sud de l'île de Pâques. Avec le vent dominant d'est-nord-est, il était impossible faire route vers l'est pour la rejoindre.

Nous avions consommé maintenant tous nos oiseaux et tout notre poisson, et nous commencions à nouveau à devoir rationner nos biscuits. Il était donc indispensable dans ces conditions de changer nos plans et, plutôt que de visiter l'île de Pâques, de mettre le cap vers un lieu où le vent nous porterait, nous n'avons pas hésité longtemps avant de décider de faire route vers les îles Juan Fernández, qui se tenaient à l'est-sud-est, à environ deux mille cinq cents nautiques. Nous avons donc changé de cap en conséquence.

Nous avons eu, durant les deux jours qui ont suivi, des vents très faibles et nous avons grandement souffert de la chaleur intense. Le 7 janvier, le vent a tourné au nord, et à midi, il s'est avéré que nous étions à 30° 18' de latitude sud et 117° 29'de longitude ouest. Nous avons continué à progresser vers l'est autant que nous le pouvions.

10 janvier

Matthew P. Joy, le second lieutenant, s'est mis, plus encore que nous autres, à souffrir d'asthénie, conséquence des privations que nous avions dû endurer. Le 8, nous l'avions déplacé sur le bateau du capitaine, pensant qu'il y serait plus confortablement installé, que plus d'attention lui serait accordée et qu'il y bénéficierait de plus de soins et de sollicitude. La journée étant calme, il exprima le désir de rejoindre son bord, mais à quatre heures de l'après-midi, alors que nous avions exaucé ses vœux et qu'il venait de reprendre place dans notre canot, il est mort subitement.

Le 11, à six heures du soir, nous l'avons cousu dans ses habits, nous avons accroché une lourde pierre à ses pieds, avons réuni les bateaux, et très solennellement, l'avons confié à l'océan.

Cet homme n'était pas réellement mort de faim, mais il était indéniable que ses souffrances avaient précipité sa fin. Il était de constitution délicate, frêle et maladive et s'était plaint tout au long de la traversée de ne pas se sentir bien. Ce fut cependant un épisode qui jeta sur nous, et pendant plusieurs jours, un voile sombre. Suite à son décès et pour prendre sa place, un homme du canot du capitaine fut déplacé sur le bateau où il était mort. Nous avons alors repris notre route.

Le 12 janvier, le vent s'est établi au nord-ouest. Il s'est levé le matin et a tourné au véritable grain avant la nuit. Nous avons donc été contraints d'affaler les voiles et de filer vent arrière.

Les éclairs claquaient, vifs et précis, et il tombait des trombes d'eau. Mais il était clair que le vent nous poussait dans la bonne direction et que notre vitesse était restée correcte durant toute la journée, et on peut dire que, malgré l'inconfort dû à la furie de la tempête, nous avons dérivé avec plaisir. Nous craignions cependant que, dans la noirceur de la nuit, nous soyons séparés ; nous avons donc pris des dispositions dans chaque bateau pour garder le cap est-sud-est toute la nuit.

À onze heures environ – mon bateau étant passé légèrement devant les autres –, j'ai, comme j'avais l'habitude de le faire chaque minute, regardé vers l'arrière et je n'ai plus vu alors aucun des autres canots. À cet instant, il pleuvait et il y avait du vent, comme si les cieux se déchiraient, et sur le moment, je sus à peine quoi faire. J'ai mis à la cape et laissé le canot dériver pendant environ une heure, espérant à chaque instant qu'ils surgiraient devant moi. Ne les voyant toujours pas, j'ai abattu à nouveau, et j'ai repris la route convenue, en espérant de tout cœur que le jour naissant nous permettrait de les revoir et de les retrouver.

À l'aube, nous avons recherché nos compagnons partout sur l'océan, mais en vain. Ils avaient disparu ! Et nous ne les avons plus jamais revus. Selon mes relevés, nous avons été séparés à 32° 16' de latitude sud et 112° 20' de longitude ouest.

9.

C'eût été folie que de se laisser abattre par les circonstances. Nous n'étions pas en mesure de remédier à la situation, et nous lamenter n'aurait pas fait revenir nos compagnons. Mais il était impossible d'éviter ce déchirement et cette amertume que ressentent à coup sûr, quand ils sont séparés, des hommes qui ont souffert longtemps côte à côte et dont les sentiments et les intérêts ont été si intimement liés par le destin.

Après cet événement – et pendant plusieurs jours –, nous avons considéré notre progression avec tristesse et mélancolie. Nous avions perdu le réconfort de la présence et du regard des autres, dont nous avions, aussi étrange que cela paraisse, tant besoin pour surmonter notre détresse morale et physique.

Le 14 janvier fut à nouveau une journée de pluie et de fortes rafales. Nous avions quitté l'île depuis maintenant dix-neuf jours et nous n'avions parcouru que neuf cents milles. La sagesse nous conseillait de réduire encore nos rations, faute de quoi, et sauf à compter sur la chance de croiser un autre vaisseau, il nous faudrait abandonner tout espoir de rejoindre la terre.

Comment réduire la quantité journalière de nourriture sans mettre en péril notre vie elle-même, telle était la question primordiale. Depuis que nous avions abandonné l'épave, nous avions limité au minimum les demandes de nos estomacs. C'est pour cela qu'avant d'arriver sur l'île, nous avions déjà réduit de moitié notre pitoyable ration. Il apparaissait maintenant nécessaire, en nous basant sur un calcul raisonnable, de la diviser encore au moins par deux, ce qui ne manquerait pas, à court terme, de nous réduire tout simplement à l'état de squelettes.

Nous conservions notre ration d'eau complète, mais nous ne faisions ainsi qu'entretenir notre faiblesse, car nos corps, avec cette once et demie de pain allouée à chacun, ne bénéficiaient que d'un bien maigre apport. Nourrir nos corps – et donc nos espoirs – un peu plus longtemps, ou bien – tenaillés par la faim – nous jeter sur nos provisions et les engloutir, puis attendre froidement que la mort survienne, tel était le choix cornélien qui se présentait à nous ; réfléchir à cette terrible alternative nous coûtait beaucoup.

La seule chose dont nous étions encore capables était de nous mouvoir dans notre canot et d'assurer avec lenteur les tâches indispensables. Mais, sous les effets amollissant de l'eau, nous maigrissions à vue d'œil ; et nous dépérissions de jour en jour, victimes d'un soleil au zénith, qui nous obligeait si nous voulions échapper à ses rayons, à nous coucher dans le fond du bateau – en nous couvrant avec les voiles – en laissant le canot à la merci des vagues. Quand nous nous redressions, le sang refluait dans nos têtes, provoquant un aveuglement toxique qui nous faisait presque retomber. Une seule chose nous motivait encore et nous trottait dans la tête : le mince espoir de retrouver les autres embarcations, mais cela ne se produisit jamais.

Durant la nuit, un incident survint qui me causa un profond malaise, et qui me poussa à cogiter – ce qui fut assez déplaisant – sur les effets probables qu'il entraînerait s'il venait à se reproduire. Je m'étais allongé dans le bateau, sans prendre – comme j'avais l'habitude de le faire – les précautions d'usage pour sécuriser le couvercle du coffre à provisions, quand un homme m'a réveillé et informé qu'un de ses compagnons y avait pris un bout de pain.

J'ai ressenti à ce moment la plus vive indignation et le plus vif ressentiment devant une telle conduite. J'ai immédiatement saisi mon pistolet, et j'ai sommé l'homme en question, s'il avait pris du pain, de nous le rendre sans attendre, faute de quoi, je tirerais immédiatement sur lui. Affolé et tremblant, il confessa immédiatement sa faute, plaidant la dure nécessité qui l'avait poussé. Il se repentit de son crime et jura avec force qu'il ne commettrait plus jamais un tel acte. Je n'étais pas capable de trouver en moi la force de le condamner trop sévèrement, alors même que la stricte application des règles que nous nous étions fixées l'aurait exigé. C'était la première infraction ; nos chances de survie et nos espoirs de nous délivrer de nos souffrances exigeaient clairement un châtiment prompt et exemplaire, mais tout ce qu'il y avait d'humain en moi plaidait en sa faveur. Il s'en est donc tiré avec une injonction solennelle : une répétition de cette même faute lui coûterait la vie.

J'avais quasiment pris la décision, suite à cet événement, de partager nos provisions et de donner à chacun sa part de vivres. Sous le coup de la colère, je l'aurais fait, si je n'avais estimé que d'aucuns, par imprudence, auraient été tentés de dépasser leur ration quotidienne ou même de tout consommer d'un seul coup, et qu'ils auraient atteint ainsi et prématurément un état de faiblesse et de famine extrêmes. Cela, bien entendu, les aurait amenés à manquer aux tâches de navigation et aurait réduit nos chances de survie et de salut.

Le 15 janvier, à la nuit tombante, nous avons aperçu un requin de grande taille qui nageait autour de nous et qui paraissait particulièrement vorace. Il a fait des tentatives, ici et là, contre différentes parties du bateau, comme s'il voulait dévorer le bois. Il est revenu plusieurs fois à la charge, mordant sèchement l'aviron de gouverne et même l'étambot. Nous avons essayé en vain de le frapper avec un bout de bois pointu, mais nous étions si faibles que nous avons été incapables de faire ne serait-ce qu'une marque sur sa peau coriace. Il était bien plus gros qu'un requin ordinaire et manifesta tant de témérité et de malveillance qu'il nous effraya.

Après avoir, dans un premier temps, concentré nos efforts pour tuer l'animal, nous les avons finalement mobilisés à notre propre défense. Mais, en fin de compte, découragé dans ses manœuvres voraces, il n'a pas tardé à décamper.

Le 16 janvier, nous avons été entourés par un grand nombre de marsouins qui nous ont suivis pendant près d'une heure et qui se sont joués de toutes nos tentatives pour les attraper. Les 17 et 18 ont été calmes, mais le désespoir, résultant de mornes perspectives et d'un soleil brûlant, s'abattit à nouveau sur nos têtes maudites.

Nous avons commencé à croire qu'au bout du compte la Divine Providence nous avait abandonnés, et qu'il était vain de chercher à prolonger une existence devenue si pénible. Nous avons été envahis par d'horribles pensées. La perspective d'une douloureuse agonie et la peur de la mort, alimentées par les images les plus épouvantables et les plus morbides accablaient et notre corps et notre âme. L'espoir de s'en sortir ne reposait maintenant plus que sur la capacité à la clémence de notre Créateur.

La nuit du 18 janvier fut un sommet de souffrance et de désespoir. Travaillés au plus haut point par les appréhensions et les terreurs liées à notre sort, nous n'étions plus que noirceur, mélancolie et confusion. Vers huit heures, le son horrible du souffle des baleines a résonné à nos oreilles. Nous avons pu entendre distinctement le claquement furieux de leurs queues dans l'eau, et nos esprits défaillants ont convoqué alors leur image rebutante et hideuse. Un de mes compagnons, un homme noir, en proie à une peur violente, m'a supplié de sortir les avirons et de filer loin d'elles.

J'étais prêt à utiliser tous les moyens pour cela, mais, hélas, soulever ne serait-ce que le bras pour assurer notre propre sécurité s'avérait dépasser totalement nos capacités. Deux ou trois baleines sont passées près de nous et ont croisé devant la proue, soufflant et lançant leurs jets à un rythme effrayant ; mais au bout d'une heure ou deux, elles ont disparu, et nous ne les avons plus jamais revues.

Le jour suivant, le 19 janvier, nous avons affronté un temps houleux avec de la pluie, de gros coups de tonnerre et des éclairs, ce qui nous a contraints encore à affaler toutes les voiles et à tenir la cape. Le vent a soufflé de tous côtés pendant vingt-quatre heures, pour finalement, le matin suivant, s'établir en forte brise d'est-nord-est.

20 janvier

Richard Peterson, le matelot noir, a présenté ce jour-là tous les symptômes d'une aggravation rapide de son état. Il était resté allongé les trois derniers jours, entre les bancs du bateau, complètement désespéré et brisé, absolument incapable de s'atteler à la moindre tâche, sinon celle de prendre sa tête entre ses mains. Il avait décidé ce matin-là de mourir plutôt que d'endurer des souffrances supplémentaires. Il a refusé sa ration de pain, a dit qu'il sentait sa fin proche et qu'il était parfaitement prêt à mourir. Quelques minutes après, il n'a plus prononcé un mot. Son souffle a semblé quitter son corps sans lui causer la moindre souffrance. À quatre heures, il s'en était allé.

Je m'étais, deux jours auparavant, entretenu avec lui de religion, et il s'était exprimé sur le sujet avec beaucoup de sagesse et, plus encore, de calme. Il m'avait supplié, si jamais je parvenais à rentrer sain et sauf à la maison, d'informer sa femme de son sort. Le matin suivant, nous avons confié sa dépouille à l'océan, à la latitude 35° 07' sud et la longitude 105° 46' ouest.

Le vent d'est s'est maintenu jusqu'au 24, date à laquelle il s'est à nouveau calmé. Nous étions alors plongés dans un état de faiblesse absolument pitoyable, nous étions à peine capables de ramper dans le canot et nous n'avions plus de force, sinon celle de porter notre misérable pitance à notre bouche. En réalisant, ce matin-là, que le vent était retombé, mon courage m'a quasiment abandonné. J'ai pensé qu'avoir à supporter une journée supplémentaire aussi brûlante que celle que nous avions endurée la veille mettrait fin avant la nuit à nos misères. J'ai vécu à maintes reprises ce jour-là des moments de désespoir qui auraient pu s'avérer fatals. Envisager calmement la suite et songer à ce qui pouvait encore nous advenir, tout cela m'a demandé un effort supérieur à celui que je me sentais capable de fournir. Qu'est-ce donc qui m'a maintenu à flot ? et m'a permis de vaincre les terreurs qui nous entouraient ? Dieu seul le sait.

Notre once et demie de pain, qui était censée être notre ration pour la journée entière, était parfois dévorée avec voracité, comme si l'avenir allait nous proposer autre chose à un autre moment. Parfois, au contraire, nous la stockions et la mangions miette par miette, à intervalles réguliers durant la journée, comme si nous allions pouvoir en disposer éternellement. Pour couronner le tout, des furoncles sont apparus, et rapidement nos esprits sont devenus aussi malades que nos corps.

Je me suis allongé à la nuit tombante, dans l'espoir de profiter de quelques moments de sommeil insouciant, et aussitôt, en proie à une faim dévorante, mon imagination s'est mise au travail. J'ai rêvé que j'étais convié à un repas splendide et copieux où était proposé ce que le plus fin des palais pouvait désirer, et j'ai pu assister au moment délicieux et extatique où nous allions commencer à manger. À l'instant même où j'allais passer à table, je me suis brusquement réveillé aux froides réalités de ma misérable situation. Rien n'aurait pu m'affliger davantage. Imaginer ces victuailles m'avait tellement mis l'eau à la bouche que j'en suis arrivé à souhaiter que ce rêve dure éternellement et que je ne me réveille jamais. J'ai jeté un regard vide tout autour du bateau, jusqu'à ce que mes yeux se posent sur un bout de cuir dur attaché à un des avirons. Je l'ai saisi avec avidité et j'ai commencé à le mâchonner, mais il était vide de toute substance et cela a eu pour seul effet de fatiguer mes mâchoires défaillantes et d'accentuer mes douleurs corporelles.

Mes compagnons d'infortune ne cessaient de grogner et m'ont pressé de questions pour savoir si nous avions encore des chances de toucher terre. J'ai rassemblé à nouveau mes esprits pour tenter de les réconforter. Je les ai encouragés à tenir le coup face aux démons et – si nous devions périr – à mourir en restant fidèle à notre cause, sans que notre foi dans la Providence du Tout-Puissant ne soit, ne serait-ce qu'un tant soit peu, trahie par notre désespoir. Je les ai raisonnés en soutenant l'idée que garder espoir ne nous ferait pas mourir plus vite et que les privations et les sacrifices terribles que nous endurions nous préserveraient de la mort. De toute façon, nous ne pouvions mettre en balance le prix que nous accordions à nos vies avec celui que leur accordaient nos familles. Il était donc, quoi qu'il en soit, inutile de se plaindre de ce qui ne pouvait être soulagé et de ce qui ne pouvait être guéri. Et il était, qui plus est, de notre devoir solennel de reconnaître dans nos calamités la marque d'une divinité suprême, par la grâce de qui nous pouvions soudain échapper au péril. Nous ne devions compter que sur elle, « qui tempère le vent pour épargner l'agneau tondu ».

10.

Les trois jours suivants, les 25, 26 et 27, n'ont été marqués par aucun événement particulier. Le vent d'est est resté dominant, et avec une telle obstination qu'il en est quasiment venu à annihiler en nous toute espérance. Aucun vœu de nos âmes assoiffées n'avait été exaucé et nous n'entrapercevions aucune lueur d'espoir. Tel était notre destin. Et il était impossible face à une telle succession de coups du sort – tous contraires – de taire notre révolte. Nous étions, au terme de ces trois jours, repoussés vers le sud, à 36° de latitude, dans une région très froide, où dominaient pluie et bourrasques. Nous avons pensé alors à virer de bord, vers le nord. Au terme d'un grand effort, nous sommes parvenus à préparer le bateau dans ce sens, mais cette simple tâche nous avait laissés si épuisés que nous avons tout laissé tomber et finalement abandonné notre embarcation à sa course.

Aucun d'entre nous maintenant n'avait la force suffisante pour tenir la barre, et n'était même capable de faire le moindre effort pour régler les voiles de façon à nous permettre de progresser. Après une heure ou deux de repos, durant lesquelles l'horreur de notre situation s'imposa à nous avec une puissance désespérante et des effets qui ne l'étaient pas moins, nous avons soudain rassemblé nos forces et avons pu ajuster nos voiles de telle sorte que le bateau puisse se diriger lui-même. Nous nous sommes ensuite effondrés, attendant le verdict du « temps qui passe » et qui, désormais, soit nous apporterait son secours, soit nous permettrait de quitter ce théâtre de souffrance. Nous ne pouvions rien faire de plus. La vigueur et la volonté nous avaient totalement quittés. Quel espoir, aussi ténu soit-il, pouvait en effet dans notre situation nous rattacher encore à la vie ?

28 janvier

Nos sens, ce matin-là, étaient à peine assez en éveil pour que nous parvenions à nous réjouir du changement de vent qui s'était opéré à l'ouest. Il nous était maintenant quasiment indifférent de savoir de quel côté il soufflait. Il ne nous restait plus désormais aucun espoir, sinon celui, bien mince, de croiser un bateau. Seul, ce maigre espoir m'a empêché de me coucher pour mourir. Nous n'avions plus que quatorze jours de provisions. Et il était par ailleurs absolument nécessaire, si nous voulions vivre cinq jours, de plus, d'augmenter nos rations. Nous avons donc partagé le peu qui restait et nous nous en sommes remis entièrement à la volonté et à la disposition du Créateur.

Le 29 et le 30 janvier, le vent s'est installé à l'ouest, et nous avons progressé considérablement jusqu'au 31, date à laquelle le vent nous a fait face à nouveau et a réduit nos espoirs à néant. Le 1er février, il est repassé à l'ouest et les 2 et 3, il a soufflé à l'est. Il est resté léger et variable jusqu'au 8 février.

Nos souffrances approchaient maintenant de leur terme. Une mort terrible nous guettait. La faim était devenue violente, délirante, et nous nous préparions à être libérés rapidement de nos maux. Notre diction, au même titre que notre raison, s'était considérablement dégradée, et nous étions devenus à l'évidence à cet instant les êtres les plus impuissants et les plus misérables de l'espèce humaine dans son ensemble.

La veille, Isaac Cole, un des hommes d'équipage, s'était effondré au fond du bateau, dans un état de profond désespoir, bien résolu à attendre calmement la mort. Il paraissait clair qu'il n'avait aucune chance de s'en sortir. Tout, disait-il, était sombre dans sa tête. Nous ne conservions plus, d'après lui, aucun espoir de tenir, et c'était bêtise et folie que de lutter contre ce qui apparaissait manifestement comme notre destin, établi et immuable. J'ai protesté contre son attitude aussi énergiquement que ma raison et l'état de déliquescence de mon corps pouvaient me le permettre. Ce que je lui ai dit a semblé avoir pendant un moment un effet réel. Il a fait soudain un effort inouï, s'est relevé à moitié, a rampé vers l'avant en s'agrippant au foc, et a crié avec force et détermination qu'il ne lâcherait pas, qu'il vivrait aussi longtemps que nous autres.

Mais, hélas, cet effort n'était rien d'autre qu'un accès de fièvre intense, et il ne tarda pas à retomber dans un état de mélancolie et de désespoir.

Sa raison ce jour-là a vacillé et, à neuf heures du matin, il nous a gratifiés du triste spectacle de sa folie. Il s'est mis à parler de tout avec incohérence, il a demandé en hurlant une serviette et de l'eau, puis se couchant lamentablement dans le fond du bateau, il a fermé ses yeux caves, comme mort. Nous avons soudain réalisé – il était environ dix heures – qu'il était devenu muet. Nous l'avons alors installé de notre mieux sur une planche posée sur un des bancs du bateau, et après l'avoir recouvert de quelques vieux habits, nous l'avons abandonné à son sort.

Il gisait dans la plus grande douleur et dans une évidente détresse. Il a râlé douloureusement jusqu'à quatre heures de l'après-midi, heure à laquelle il est mort, dans les convulsions les plus horribles et les plus effrayantes qu'il m'ait été donné de voir. Nous avons veillé son corps la nuit entière. Au matin, mes deux compagnons ont, en toute logique, entrepris les préparatifs pour le confier à l'océan, quand, parce que j'avais réfléchi à la question la nuit durant, j'ai évoqué ce sujet éprouvant de conserver le corps pour nous nourrir. Nos provisions ne pouvaient en aucun cas nous permettre de tenir plus de trois jours. Il était pour le moins improbable que nous trouvions durant ce laps de temps un moyen de soulager nos souffrances ; la faim, en conséquence, nous obligerait au bout du compte à tirer au sort. Les hommes ont approuvé sans aucune objection, et nous nous sommes mis au travail pour préparer le corps aussi vite que possible et éviter ainsi qu'il ne pourrisse. Nous avons séparé les membres du corps et détaché les chairs des os, après quoi nous avons ouvert le corps, en avons sorti le cœur, puis avons refermé le corps – en le cousant aussi décemment que possible – pour le confier ensuite à l'océan.

Nous avons d'abord entrepris de satisfaire notre besoin immédiat et naturel en nous attaquant au cœur, que nous avons dévoré avec avidité. Nous avons ensuite découpé le reste en fines bandes que nous avons accrochées au bateau afin qu'elles sèchent au soleil. Nous avons allumé un feu et en avons grillé une partie afin de les consommer le lendemain.

C'est ainsi que nous avons réglé le sort de notre compagnon d'infortune dont le souvenir douloureux fait surgir au moment présent dans mon esprit les idées les plus odieuses et révoltantes qu'il soit possible de concevoir. Nous ne savions pas alors qui serait le suivant, celui à qui il reviendrait de mourir ou d'être exécuté, puis mangé, comme le pauvre malheureux que nous venions de faire disparaître. Un être humain ne peut que frémir au récit de telles horreurs. Je n'ai pas de mots pour dépeindre l'angoisse que nous avons éprouvée quand nous avons dû faire face à cet horrible dilemme.

Le matin suivant, le 10 février, nous avons remarqué que la chair s'était altérée et qu'elle avait pris une teinte verdâtre. Nous avons décidé de rallumer un feu et de la cuire aussitôt pour empêcher qu'elle se putréfie et qu'elle ne soit plus consommable. C'est ce que nous avons fait, et de la sorte nous l'avons préservée six ou sept jours de plus. Nous n'avons pas touché à notre pain durant ce temps. Comme il ne risquait pas de s'abîmer, nous l'avons mis soigneusement de côté pour affronter les tout derniers instants de notre épreuve.

À trois heures environ cet après-midi-là – c'était le 10 février –, une forte brise s'est levée au nord-ouest et nous avons nettement progressé, si l'on tient compte du fait que nous avons été contraints de naviguer uniquement à la voile. Le vent s'est maintenu jusqu'au 13, date à laquelle il est à nouveau redevenu contraire.

Nous avons trouvé le moyen de préserver à la fois notre âme et notre corps en consommant avec parcimonie la chair, que nous avons coupée en petits morceaux et avalée avec de l'eau salée. Dès le 14, nos corps s'étaient régénérés à un point tel que nous pouvions envisager de diriger à nouveau notre bateau avec l'aviron de gouverne. Nous sommes parvenus, en nous relayant, à le guider et à progresser correctement.

Le 15, nous avions consommé toute la chair. Nous en étions arrivés aux derniers morceaux de pain : deux biscuits. Ces deux derniers jours, nos membres avaient beaucoup gonflé ; ils commençaient maintenant à nous faire souffrir énormément.

Nous étions encore, et autant qu'on puisse en juger, à trois cents milles de la terre, mais avec tout au plus trois jours de nourriture devant nous. Notre seul espoir et notre seul réconfort résidait dans le fait que le vent, qui s'était levé à l'ouest ce matin-là, nous reste favorable. Nos attentes sur ce point étaient telles maintenant que nous étions en proie à une fébrilité nourrie par la nécessité, que rien hormis le maintien d'un vent favorable ne pouvait apaiser. Tout était maintenant à son paroxysme. Nous fondions nos espoirs sur la brise : nous observions, tremblants et apeurés, ses progrès, sa direction et l'issue tragique de notre course.

Le 16, à la nuit, envahi par ces horribles spéculations quant à notre situation, et tremblant de faiblesse, je me suis allongé pour dormir, sans trop me soucier de savoir si je reverrais ou non la lumière.

À peine étendu, je me suis mis à rêver que je voyais un navire, non loin de nous. J'ai concentré toute mon énergie pour l'atteindre, mais je n'y suis pas parvenu. Je me suis réveillé, comme écrasé par ce délire qui m'avait saisi dans mon sommeil ; j'avais été totalement abusé, cruellement trompé par mon imagination malade et frustrée.

Le 17, dans l'après-midi, un nuage épais est apparu, il était posé est-nord-est, quasi au levant, ce qui indiquait d'après moi la proximité d'une terre. J'ai supposé qu'il s'agissait de l'île de Más Afuera. J'ai même conclu qu'il ne pouvait en être autrement ; cette idée à peine formulée, la vie à nouveau s'est mise à circuler vivement dans mes veines. J'ai dit à mes compagnons que j'étais convaincu qu'il s'agissait d'une terre, et que si c'était le cas, nous serions, presque à coup sûr, en mesure de l'atteindre dans moins de deux jours.

11.

Mes paroles ont semblé réconforter grandement mes compagnons. À force de leur certifier que les choses prenaient une tournure favorable, leurs fonctions cérébrales ont retrouvé une vivacité stupéfiante. Les signes les plus funestes de notre détresse ont commencé alors à s'estomper quelque peu, et, en dépit de lugubres présages, nos visages ont semblé retrouver de la fraîcheur. Nous avons mis le cap sur le nuage, et notre progression cette nuit-là fut excellente.

Le lendemain matin, avant l'aube, Thomas Nickerson – un garçon d'environ quinze ans –, l'un de mes deux compagnons encore en vie à mes côtés, s'est, après avoir écopé le bateau, couvert d'un morceau de toile et s'est mis à crier qu'il voulait mourir sur-le-champ. J'ai vu qu'il avait renoncé et j'ai essayé de lui prodiguer quelques paroles de réconfort et d'encouragement. J'ai tenté de le convaincre qu'il fallait être soit bien faible, soit mauvais pour ne plus faire confiance au Tout-Puissant, tant que le moindre espoir et le moindre souffle de vie demeuraient. Mais il ne semblait disposé à écouter aucune des remarques réconfortantes que je lui adressais, et il insistait – alors même que je lui affirmais qu'il y avait de grandes chances que nous rejoignions une terre avant deux jours – pour rester allongé et pour s'abandonner au désespoir.

Une expression figée, empreinte d'abandon et de prostration, se peignit sur son visage. Il demeura quelque temps silencieux, affligé et mélancolique. Et j'ai senti tout à coup que le froid de la mort le gagnait. Il y avait dans son attitude une gravité soudaine et comme insensée qui m'a alarmé et qui m'a fait craindre alors d'être moi-même emporté par pareille faiblesse, par un de ces vertiges naturels qui pouvait me déposséder en un instant à la fois de la raison et de la vie. Mais la Providence en a décidé autrement.

À sept heures environ, ce matin-là – nous étions le 18 février – alors que j'étais allongé et endormi, mon compagnon à la barre a soudain crié d'une voix forte : « Voile ! »

Je ne sais ce qu'a été mon premier réflexe en entendant ce cri inattendu. Ma mémoire me dit que je me suis dressé et que j'ai regardé fixement, absent et comme en extase, cette vision bénie d'un vaisseau qui se dressait à environ sept milles de nous. Il se tenait dans notre direction, et je n'ai ressenti à cet instant qu'une envie puissante et insensée de me précipiter immédiatement vers lui.

On ne peut, je pense, se faire une idée exacte de la force et de la pureté des sentiments, et de l'indicible émotion – engendrée par la joie – et de la gratitude qui m'ont saisi à cet instant. Le garçon lui aussi est soudain sorti de sa torpeur et s'est dressé pour observer l'objet dont dépendait probablement sa survie.

Notre seule crainte à présent était que le navire ne nous aperçoive pas ou que nous ne soyons pas en mesure de couper sa route. Cependant nous avons immédiatement mis le cap dans une direction qui nous permettrait, de la plus sûre des façons, de placer notre embarcation sur sa trajectoire, et nous nous sommes rendu compte, à notre grande joie, que nous étions plus rapides que lui. Quand il nous a vus, il a réduit la voilure et nous a permis de venir à lui. Le capitaine nous a hélés et nous a demandé qui nous étions.

Nous lui avons dit que nous étions des naufragés et, aussitôt, il nous a crié d'accoster le long de son navire. J'ai fait un effort pour tenter par moi-même de m'approcher le long de son flanc, afin de monter à bord, mais les forces me faisaient totalement défaut et je me suis trouvé dans l'impossibilité, sans aide, de mettre un pied devant l'autre.

Nous avons dû, à cet instant, offrir au capitaine et à son équipage un des spectacles les plus pitoyables et les plus émouvants qui soient, tout de souffrance et de misère. Nos visages cadavériques, nos yeux enfoncés dans leurs orbites, nos os qui commençaient à percer quasiment notre peau, et les lambeaux de nos vêtements collés à nos corps brûlés par le soleil ont sans doute produit sur eux, et au plus haut degré, un sentiment de désolation et de dégoût. Les marins ont commencé à nous hisser à bord, et ils nous ont conduits dans la cabine où ils nous ont manifesté tous les égards possibles. Quelques instants plus tard, on nous a autorisés à goûter une nourriture légère, à base de tapioca, et en quelques jours, grâce à des soins judicieux, nous étions grandement rétablis.

Le vaisseau qui nous avait sauvés était le brick *Indian*, capitaine William Crozier, de Londres, envers qui nous sommes redevables de cette attention courtoise et amicale qu'il manifesta à notre égard, et dont seul, à n'en pas douter, peut témoigner un tempérament doté d'humanité et de compassion. Nous avons été recueillis par 33° 45' de latitude sud et 81° 03' de longitude ouest. À midi ce jour-là, nous avons vu l'île de Más Afuera, et le 25 février nous arrivions à Valparaiso, dans un état de détresse et de dénuement absolus. On s'employa aussitôt à pourvoir à nos besoins.

Le capitaine Pollard ainsi que l'unique survivant de l'équipage de son canot ont été secourus par le baleinier américain *Dauphin*, capitaine Zimri Coffin de Nantucket. Ils sont arrivés à Valparaiso le 17 mars suivant. Ils avaient été récupérés par 37° de latitude sud, au large de l'île Sainte-Marie. Le troisième canot s'était séparé de celui du capitaine le 28 janvier, et nous n'avons, depuis, plus jamais entendu parler de lui.

Les noms des survivants sont les suivants : capitaine George Pollard Junior, Charles Ramsdell, Owen Chase, Benjamin Lawrence et Thomas Nickerson, tous de Nantucket. Ont péri dans le canot du capitaine, les hommes suivants : Brazilia Ray de Nantucket, Owen Coffin, du même lieu, qui a été tué, et Samuel Reed, un Noir.

Le capitaine a relaté qu'après avoir été séparés de nous, ils avaient, comme nous l'avons vu et comme nous en étions convenus, continué à faire leur possible pour se rapprocher de l'île de Juan Fernández. Mais les vents contraires et l'extrême faiblesse de l'équipage avaient eu raison de leurs efforts collectifs. Ils avaient été, comme nous, à la fois surpris et affectés par la séparation de nos embarcations, mais avaient continué leur route, relativement confiants dans l'idée que nous nous retrouverions.

Le 14 janvier, tout le stock de provisions du canot du second lieutenant était épuisé. Le 25, Lawson Thomas, un Noir, est mort et a été mangé par ses compagnons. Le 21, le capitaine et son équipage se sont retrouvés, si l'on s'en réfère aux provisions dont ils disposaient, dans la même situation terrifiante. Le 23, un autre homme de couleur, Charles Shorter, est mort et son corps a été partagé entre les équipages des deux canots. Le 27, Isaiah Shepherd, un homme noir, est mort dans le troisième canot, et le 28, dans le bateau du capitaine, un autre Noir, qui répondait au nom de Samuel Reed, a succombé à son tour. Les corps de tous ces hommes furent, tant qu'il en resta, la seule nourriture des équipages.

Le 28 janvier, en raison de la profondeur de la nuit et du manque de force dont les hommes disposaient pour manœuvrer les bateaux, les canots du capitaine et du second lieutenant se sont perdus de vue, à la latitude 35° sud et à la longitude 100° ouest. Le 1er février, ayant consommé leur dernier morceau de chair, le capitaine et les trois hommes qui restaient avec lui en ont été réduits à procéder à un tirage au sort. Et le sort tomba sur Owen Coffin. Il a accepté son destin avec beaucoup de courage et de résignation. Ils ont également tiré au sort pour savoir qui le tuerait. Et Owen Coffin s'est présenté sans faiblir devant Charles Ramsdell – que la mauvaise fortune avait désigné comme devant être son bourreau – pour recevoir, de ses mains, la sentence.

Le 11, Brazilia Ray est mort. Le capitaine et Charles Ramsdell, les deux derniers survivants, se sont nourris des deux corps, et ce jusqu'au matin du 23, date à laquelle ils ont, comme nous l'avons mentionné, été recueillis par le *Dauphin* et ont pu échapper à une mort imminente.

Le capitaine Coffin leur fournit l'assistance nécessaire et leur témoigna toute l'attention dont un être humain est capable, ce dont le capitaine Pollard lui sut gré en lui signifiant sa vive reconnaissance. Quand, à notre arrivée à Valparaiso, il fit savoir au capitaine de la frégate américaine *Constellation*, que trois de nos compagnons étaient restés sur l'île Ducie, l'officier dit qu'il prendrait immédiatement les mesures nécessaires pour aller les chercher.

Le 11 juin suivant, je suis arrivé à Nantucket, à bord du baleinier *Eagle*, capitaine William H. Coffin. Ma famille avait reçu des nouvelles très angoissantes de notre naufrage et me considérait donc comme perdu. Mon apparition inattendue fut accueillie par les plus vives marques de reconnaissance et de gratitude envers notre bienveillant Créateur, lui qui m'avait guidé à travers les ténèbres, les difficultés et la mort, pour me ramener finalement dans mon pays, auprès des miens.

L'équipage de l'*Essex*

Il est établi ci-dessous une liste de l'ensemble de l'équipage du navire, en fonction de leur répartition dans les trois canots après le naufrage.

Premier canot

Capitaine George Pollard Junior	Survivant
Obed Hendricks	Déplacé dans le troisième canot. Disparu
Brazilia Ray	Décédé
Owen Coffin	Exécuté
Samuel Reed	Décédé
Charles Ramsdell	Survivant
Seth Weeks	Resté sur l'île

Deuxième canot

Owen Chase	Survivant
Benjamin Lawrence	Survivant
Thomas Nickerson	Survivant
Isaac Cole	Décédé
Richard Peterson	Décédé
William Wright	Resté sur l'île

Troisième canot

Matthew P. Joy	Décédé
Thomas Chapple	Resté sur l'île
Joseph West	Disparu
Lawson Thomas	Décédé
Charles Shorter	Décédé
Isaiah Shepherd	Décédé
William Bond	Disparu

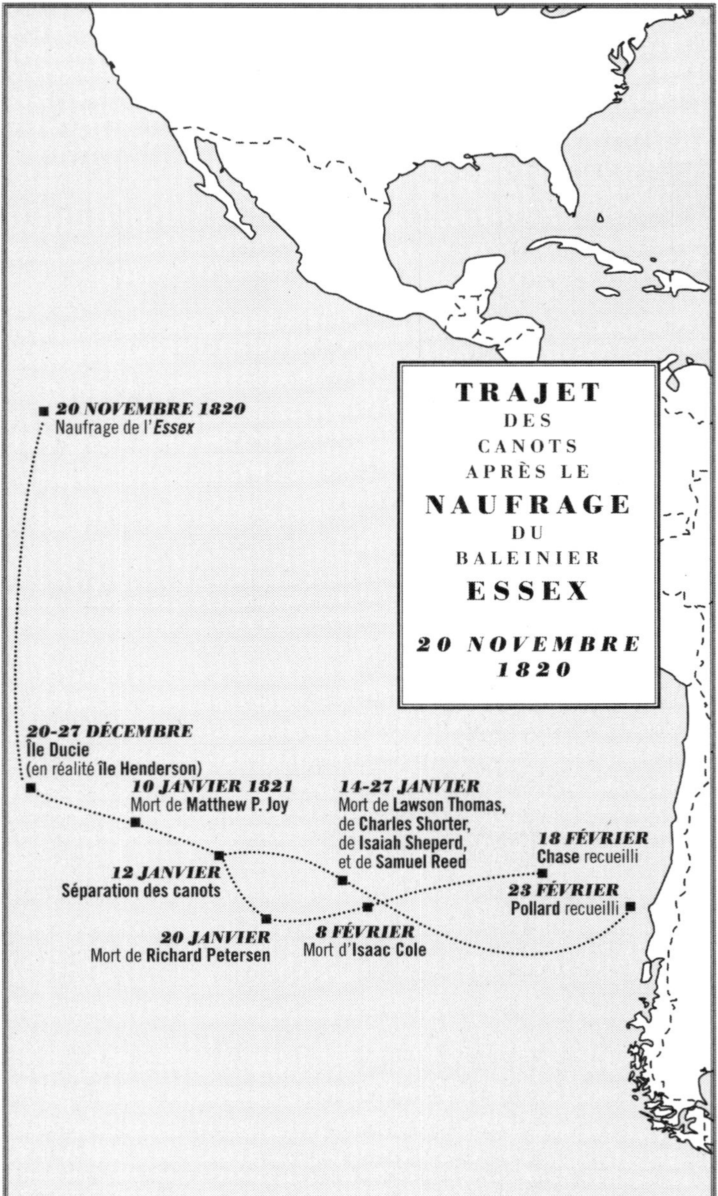
TRAJET DES CANOTS APRÈS LE NAUFRAGE DU BALEINIER ESSEX
20 NOVEMBRE 1820
20 NOVEMBRE 1820
Naufrage de l'Essex
20-27 DÉCEMBRE
Île Ducie
(en réalité île Henderson)
10 JANVIER 1821
Mort de Matthew P. Joy
14-27 JANVIER
Mort de Lawson Thomas, de Charles Shorter, de Isaiah Sheperd, et de Samuel Reed
18 FÉVRIER
Chase recueilli
12 JANVIER
Séparation des canots
23 FÉVRIER
Pollard recueilli
20 JANVIER
Mort de Richard Petersen
8 FÉVRIER
Mort d'Isaac Cole

Postface

LE RÉCIT QUI ENFANTA *MOBY DICK*

On sait depuis Charles Olson (*Appelez-moi Ismaël*) que *Moby Dick* – l'œuvre majeure et centrale de Melville – trouve sa source dans la Bible et dans Shakespeare (ce frère écrivain que l'autodidacte qu'était Melville n'a cessé tout au long de sa vie de lire et de relire). On sait aussi que le récit d'Owen Chase a été l'élément déclencheur de la rédaction de son « livre-baleine », l'étincelle qui a mis le feu à la création (à la fois du monstre, du roman et de l'œuvre) et qui a provoqué la déflagration « Melville ». On le sait, car dans les notes qu'il a prises à propos de la narration de Chase, l'écrivain américain a souligné que « la lecture de cette prodigieuse histoire en pleine mer avait eu sur [lui] un effet étonnant ».

Qu'y a-t-il dans la narration de Chase qui nous relie à *Moby Dick* ?

En surface et avant tout, l'attaque préméditée d'une baleine vengeresse, et dans le fond, un orgueil démesuré – qui touche à la folie – et qui pousse l'homme, de Jonas à Pinocchio, à poursuivre le Léviathan et à le défier jusque sur ses « terres ». Mais aussi : un combat secret et ancestral entre des forces opposées que d'aucuns, tel Achab, dénomment le bien et le mal, et qui nous mène à la transcendance ou au gouffre ; un bras de fer entre damnation et rédemption ; une lutte sans merci pour vaincre l'espace – élément clé et fondateur de l'Amérique – dont la mer, incommensurable et infernale – et qui n'est là que pour être traversée et franchie – n'est somme toute qu'une simple métaphore. Et sans doute aussi : le tableau de l'âpreté d'un équipage et de sa beauté sauvage…

À l'évidence, le récit de Chase a enfanté *Moby Dick*. Il a donné naissance à la fois à la bête et à l'ouvrage. Mais on peut sans crainte affirmer qu'au-delà même du roman-baleine, c'est toute l'œuvre de Melville qu'il a colorée. Ce puissant témoignage recèle en effet une partie des thématiques du romancier américain et tient lieu par certains aspects d'esquisse à son « dessin » global. L'esprit de cette courte mais vive narration transparaît ou surgit en effet à travers nombre de ses romans (les récits exotiques que sont *Omoo* ou

Taïpi, les récits militaires que sont *Redburn* ou *La Vareuse blanche*, et *Mardi*, dans sa dimension cannibalesque et enchanteresse...) tout autant qu'à travers ses caractères (car il y a bel et bien de l'Achab et de l'Ismaël, du Vere et du Claggart dans cet Owen Chase).

Rares sont les œuvres majeures de la littérature mondiale – et *Moby Dick* en est une à n'en pas douter – dont on peut identifier avec autant de précision la source. Étonnant dans ces conditions que le *Récit de l'extraordinaire et affligeant naufrage du baleinier* Essex n'ait pas été traduit et publié plus tôt, et dans son intégralité, en langue française.

Au-delà de l'intérêt littéraire de ce récit, il convient de souligner sa force en tant qu'aventure et que témoignage de survie en mer. À l'heure où fleurissent des récits de voyage à la trame floue et à la narration molle, où l'impudeur côtoie une psychologie de bazar, on est en droit de s'étonner qu'une narration si sobre et si ramassée, dans laquelle la précision le dispute à la pudeur et la clarté dans la relation des faits à l'acuité de la réflexion, qu'un tel récit, donc, ait mis près de deux cents ans à se faire entendre.

Le compte-rendu du naufrage de l'*Essex* et de la survie de son équipage est un témoignage incontournable et merveilleux sur une époque (celle de l'édification de l'Amérique), sur un peuple (celui des quakers), sur la pêche à la baleine, sur l'exil et la solitude, sur « l'horreur des choses qui épouvantent l'homme », sur la capacité animale de ce dernier à supporter, au nom de la survie, ce qui ne doit pas l'être. Cette histoire d'un drame cannibale (qui n'a d'égal en dureté que celui du radeau de la *Méduse*, et qui eut au XIXe la portée médiatique que le naufrage du *Titanic* eut au XXe) témoigne du duel sans repos que l'homme est prêt à livrer contre les éléments et la mort, un duel au cours duquel la vie, qu'on se refuse à quitter, s'avère parfois être notre pire ennemie.

Les grands récits et les grands hommes jamais ne se répandent, mais à l'image de l'océan, ils s'étendent et toujours se répètent et roulent et font des vagues. Un matelot a lu ce petit livre, l'a mâché longtemps, l'a digéré aux sucs de ses douleurs et de ses obsessions, puis, empruntant les chemins de la poésie, au terme d'une lutte sourde avec les idées, les visions et les mots, l'a recraché sous la forme d'un des plus grands mythes de la littérature.

XAVIER BACHELOT

Le traducteur remercie Andrée Hamonou
et Bernard Bachelot

Composition et mise en pages
Nord Compo à Villeneuve-d'Ascq

Cet ouvrage a été achevé d'imprimer en novembre 2015
dans les ateliers de Normandie Roto Impression s.a.s.
61250 Lonrai
N° d'impression : 1505014
Dépôt légal : novembre 2015

Imprimé en France